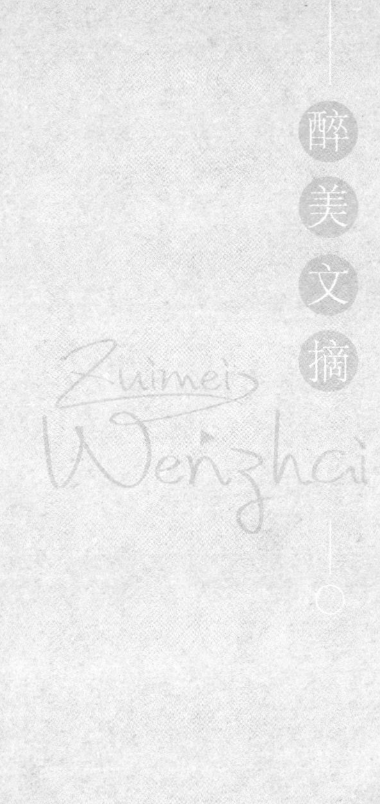
醉美文摘
Zuimei Wenzhai

醉美文摘

一路开花 陈晓辉／主编

给我一个对手
让我战胜自己

煤炭工业出版社

·北 京·

图书在版编目（CIP）数据

给我一个对手　让我战胜自己／一路开花，陈晓辉主编．--北京：煤炭工业出版社，2018（2023.2重印）

（醉美文摘）

ISBN 978-7-5020-7019-9

Ⅰ.①给…　Ⅱ.①一…　②陈…　Ⅲ.①故事—作品集—世界　Ⅳ.①I14

中国版本图书馆CIP数据核字（2018）第254973号

给我一个对手　让我战胜自己（醉美文摘）

主　　编　一路开花　陈晓辉
责任编辑　马明仁
编　　辑　郭浩亮
封面设计　宋双成

出版发行　煤炭工业出版社（北京市朝阳区芍药居35号　100029）
电　　话　010-84657898（总编室）　010-84657880（读者服务部）
网　　址　www.cciph.com.cn
印　　刷　北京飞达印刷有限责任公司
经　　销　全国新华书店

开　　本　710mm×1000mm $^{1}/_{16}$　**印张**　14　**字数**　220千字
版　　次　2019年1月第1版　2023年2月第4次印刷
社内编号　9899　　**定价**　46.00元

目录
Contents

01 第一辑 Chapter One

第二辑 Chapter Two

第三辑 Chapter Three

第四辑
Chapter Four

第五辑 Chapter Five

第一辑

Chapter One

醉美文摘

Zuimei Wenzhai

让自己盛开成一朵花儿

文 / 侯拥华

世上最快乐的事，莫过于为理想而奋斗。

——苏格拉底

2000 年，在北京电影制片厂门口，一个 14 岁的少年怀揣着他的电影演员梦在此等待机会的垂青。在空等了两天之后的第三天，机会终于来了，有一个剧组来招群众演员，他就去了。

其实，他在剧中只是扮演着一个剃光头、留一大辫子，在“清代”的大街上瞎转悠的群众演员。那天，他为能拍上电影而兴奋不已，“溜达”得比谁都专心。后来，电视剧开播了，他认认真真地把全剧看了一遍，在熙熙攘攘的人流中，竟然没有看到自己。虽然有些失望，但他并没有放弃自己的梦想，也没有为此放低标准要求自己。

因为曾在少林寺学过武术，除了当群众演员外，他还为演员充当那种只有远景和背影的武打替身。

一次，他在戏中有一个撞墙的镜头，在头部没有任何保护措施的情况下，他就直直地撞过去，额头顿时鲜血直流。还有一次，戏里需要他一次次地攀上高高的梯子，然后一次次地摔下来。他不做任何安全措施，真的就一次次硬挺挺地从空中摔在水泥地上。直到几年后，他成名了，那摔在水泥地上的感觉还记忆犹新。后来，有人问他，像这样的戏，你为什么不假撞、假摔呢？他说，只有真实地做出来，才能给人以真实的、震撼人心的感觉，这样的戏是不能掺假的。在他看来，真演和假演肯定不一样，所以他的演出都是来真的。为此，他受伤无数。

2002 年，在专心跑龙套的时候，他等到了他人生第一个重要机会，有幸成为电影《盲井》中的男主角。因为剧情需要，剧组经常要到几百米深、黑暗潮湿的矿井里进行拍摄，条件实在太过艰苦，有不少演员为此中途退出了，而年仅 16 岁的他却一直坚持到最后。

后来，他参加了冯小刚导演的电影《天下无贼》的拍摄，其中他有一场义务献血的戏，拍摄时他撸起袖管真抽。

后来，他又成为电视剧《士兵突击》中的男主角。在《士兵突击》中，有一场重头戏：他扮演的角色人物为了不给大伙拖后腿，苦练“腹部绕杠”，最后创下了全连 330 个的“腹部绕杠”的纪录。为了拍好这场戏，早在一个月前他就开始下苦功，每天坚持做俯卧撑 200 个，仰卧起坐 300 个。但实拍时还是出了意外，在他一口气连着做了几十个漂亮的“腹部绕杠”，导演要喊停的时候，他突然从单杠上失手摔了下来。后来人们发现，他受伤了，手磨破了，裂开了大口子血流不止，腰也扭伤了，直都直不起来。休息了三天，他不顾伤痛又开始继续拍戏。

因为质朴的表演和超高的人气，著名导演冯小刚再次邀请他参加电影《集结号》的拍摄。剧中，有一段他抱着即将牺牲的战友大哭的戏。拍摄前，导演半开玩笑半认真地问他，你真哭还是假哭。他毫不含糊地说，当然是真哭了。果然，实际拍摄时，他放声大哭，泪水奔涌而出，场面极为感人。因为表演太过投入，不知不觉中鼻涕也随之流了出来。躺在他怀里的“战友”只得暗自叫苦，任由他将鼻涕和着眼泪流进了自己嘴里而不能动。而他却对此毫无察觉。

其实，许多人都不知道，为演好戏里的每个角色，表演前的那一晚上，他都是整晚在思考、琢磨，辗转反侧无法入睡。

好多人没有想到，整个中国电影界没有想到，连他自己也没有想到，就是这样一个憨厚、老实、极为认真、没有任何背景、没有经过任何专业训练的农民，能够在影视界迅速走红。2002 年，因在《盲井》中出色的表演，他荣获台湾电影金马奖最佳新人奖；2005 年出演电影《天下无贼》，饰演的“傻根儿”，让他名扬天下；2007 年，他主演的电视剧《士兵突击》在各电视台热播，受到电视观众热烈“追捧”，出演电影《集结号》，广受好评。那一年，他一跃成为人们心中最喜欢的男演员。2007 年的《春节晚会》，他被中央台邀请参加。他就是当红著名青年演员——王宝强。

2007 年，央视邀请《士兵突击》电视剧主创人员做客《艺术人生》。主持人朱军让他谈谈自己的成功心得，他做了这样的回答：“我认真地做好每一件事，在做事的过程中，我没有关注别人，是别人注意到了我。”

正如他所言，涤去心灵浮躁的灰尘，沉寂下来，实实在在地做事情，不去刻意寻找“机会”吸引别人的关注，成功自然会光顾你。

要想同蜜蜂和蝴蝶生活在一起，其实不必去刻意找寻与捕捉，最好的办法是努力让自己盛开成一朵美丽的花儿。

唤醒心中的巨人

▶ 文 / 侯拥华

理想是指路明灯。没有理想就没有坚定的方向；没有方向就没有生活。

——托尔斯泰

他是个极其不幸的人，出身贫寒，历经波折，整个童年和青少年时期，一直都过着颠沛流离的生活。

母亲和父亲在他很小的时候就离婚了，之后母亲带着他先后改嫁了三次，辗转多个地方，过着漂泊不定的生活。母亲的每次离婚和再婚，都会迫使他从一个地方流落到另一个很远的地方生活。这样的经历让他后来极不情愿又无可奈何地拥有了四个爸爸。家庭的生活，从来都没有让他感到过安全、温暖与甜美。

少年时候的他，曾因为长得过快而苦恼。因为，许多时候刚刚合身的新衣服，转眼几个月就变小了（到了成年的时候，他拥有了 1.98 米的身高)。因为家里拮据，母亲总不能满足他成长的需求，穿不了合体的新衣服，他就只好将就着穿着他的“七分裤”上学和同伴玩耍了。

他贫寒的家境，拥有四个爸爸的独特经历以及奇特的穿着，常常成为他在校读书期间同学们用来嘲笑的佐料。而这一切，是他无法躲避与忍耐的。

终于有一天，在学校遭到戏弄与嘲笑后的他，带着满腹愤怒与不解，回家质问母亲：“为什么我要穿‘七分裤’？为什么我要有四个爸爸？为什么我的生活不能像其他孩子一样？！”母亲被他的话一下子问住了，之后，用同样愤怒的语气回应他：“如果你不满意这个家的话，那么，你就从这个家滚出去吧！”

本来，母亲只是一句气话，说说而已，而他却当真了——他赌气离家出走，之后就再也没有回来。他决定用自己的双手来养活自己，靠自己的努力闯荡出一片属于自己的天地。那一年他 17 岁，高中还没有毕业。

最初，他开始在街头摆地摊，出售一些廉价的日常用品来勉强糊口。之后，他到一家餐厅里当服务员，后来又跑去做推销……直到最后，他来到一家银行，做了名清洁工——负责清洗厕所，才拥有了一份较为稳定的工作，暂时安定下来。

在银行工作的时候，他穷困潦倒，所有的家当也只有一辆价值 900 美元的二手“金龟车”。就是这样一份令人鄙视的工作，他却格外珍惜。每天，他都开着那辆破旧的二手车去上班，还要时时提心吊胆，总害怕半路抛锚砸了饭碗。他租不起房子，每晚只能缩在车里过夜。而且，睡觉的时候，他还必须将那辆破车停靠在一家连锁店门口，才可以安然入睡。因为，这家商店门口是 24 小时免费停车——当时他连“昂贵”的停车费都支付不起。直到后来，他才勉强住在一个仅有 10 平方米的单身公寓里，但每天只能在浴缸里洗碗盆。

那段时间，是他人生最不堪回首的日子，失意、沮丧，内心痛苦不堪，整天浑浑噩噩度日。离开了亲人后，他没有什么朋友，人际关系恶劣、穷困潦倒，生活一团糟。他整日在为工作和生存担忧，意志消沉、身材臃肿、前途暗淡，对未来不抱任何幻想。

这样的日子简直是一种地狱般的煎熬，他一直期盼着有一天能够有所改变，他强烈改变自己人生的欲望愈加强烈……

这一天终于让他等到了，26 岁那年的一天，他的一个朋友跑来告诉他一个好消息——潜能激励大师吉米·罗恩要来讲学，有一个课程培训班正在招收学员，问他有没有兴趣参加。他一下子就兴奋起来，因为他实在太想改变现状了。但朋友的消息，后来还是让他在惊喜之余，被深深地吓住了——那个课程的培训费用竟然需要 1200 美金。这对于一个当时全部资产只有 900 美元的穷人来说简直太贵了！

内心经过一番痛苦地挣扎后，强烈改变自己的愿望最终战胜了失望与胆怯，巨大的决心，促使他决定举债完成这项看似不可能完成的学习。

此后，他开始一家一家拜访亲戚和朋友，想通过他们借够自己的学费，可所有的亲戚朋友都拒绝了他。后来他又一家银行一家银行地找——跑贷款，可跑了 44 家银行，竟然没有一家愿意借钱给他——谁愿意冒这么大风险，把钱借给一个过了今天不知道明天怎么过活的穷光蛋呢？正在他一筹莫展、穷途末路的时候，他所工作的那家银行经理，听说了他的事情，被他的执著感动，自掏腰包，借给了他 1200 美金，他才得以顺利完成那次难得的学习。

那次培训，他从没想到，会是他人生的一个转折点。那次培训彻底改变了他之前的那些观念，让他惊奇地发现：每个人内心，都蕴藏着无限的潜能，都会成为一名充满自信的成功者。

从此，他开始踏上了自我成长的道路。

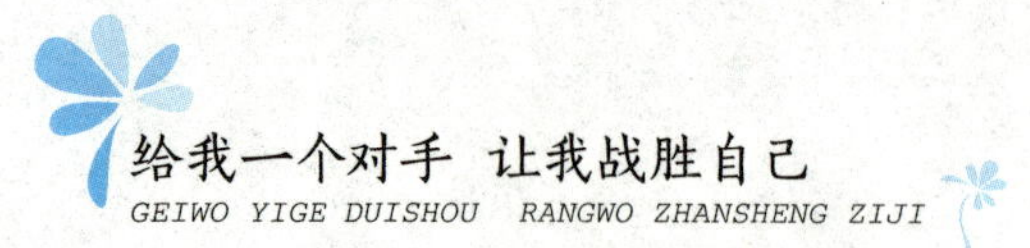

最初，他不断学习，曾追随理查德·班德勒研读 NLP(研究我们的大脑如何工作的学问)，学习成功学理论和演讲艺术，很快成长为大师手下一名杰出的潜能训练师。

后来，他从中开发出一套独具个人魅力的课程，开始另立门户，独立帮助别人实现心灵的成长与人生的梦想。因为他卓有成效的培训效果，让他的事业获得了空前的发展。他开始出版个人专著，四处演讲，迅速在美国各州与世界各个国家建立起自己的分支训练机构。每年，有数百万人通过他和他的机构，获得有效的帮助。他还曾协助职业球队、企业总裁、名人富豪、国家元首激发潜能，帮助他们度过各种困境与低潮。他深刻改变和影响了许多人的人生。

谁都不曾想过，当初那个穷困潦倒一无是处的他，后来竟会获得如此巨大的成功。短短的几年后，他的生活大为改观，结束了穷困潦倒的单身生活，建立了幸福的家庭，成为一名幸福的丈夫和父亲。他彻底告别了破旧的“金龟车”和 10 平方米大的单身公寓，买下了临太平洋海边的一个城堡，还拥有了私人直升飞机……他白手起家，建立了自己的庞大公司，积累下亿万个人财富。

他，就是当今世界最成功的潜能开发专家，曾被评为“美国十大杰出青年”“全球五大演说家”之一而享誉世界的成功学大师——安东尼·罗宾。

后来，他谈及自己的成功，总是用自己的人生经历来教育别人：别人拥有的，你都可以暂时没有，但有一点你一定要有——那就是一颗永远追求成功的、快乐的、熊熊燃烧的强烈企图心——因为只有它，才能唤醒你心中的巨人。

原来，每个人心中都有一个巨人需要我们唤醒。而唤醒心中的巨人最好的办法，就是持久地保持一颗强烈地追求成功的企图心。

3 分钟成就梦想

文 / 侯拥华

人的志向通常和他们的能力成正比例。

——约翰逊

他出生在湖南一个寻常农民家庭之中，父亲是一名普通乡村医生，而母亲则是一名普普通通的农民。整个家庭，没有一个人与艺术搭上边，可是，他自小却对艺术充满兴趣和梦想。

小的时候他迷恋书法，常常和弟弟一起拿着毛笔对照着毛笔书法字帖，在自家的墙壁上四处涂鸦。几年下来，竟然写得有模有样，连学校的美术老师都自叹不如。

高三那年，他怀揣着艺术的梦想来到湖南师范大学一个艺术辅导班学习，决定参加艺术类高校的招生考试。3 个月的封闭训练让他脱胎换骨——从入班时的一名普通学生，成长为结业时辅导班里最出色的艺术生。那时，他是班里最勤奋的学生，每天第一个到校学习，直到深夜凌晨还在练习之中。为了节省时间，他剃了光头，三个月只洗了两次澡。艺术梦想，此刻，在他心中，犹如一轮光芒四射的太阳。

之后，他考入北京的一所学校，继续学习与美术绘画相关的专业，圆了自己的大学梦。可仅仅上了一年，他就瞒着父母悄悄退学了。因为每年一万多元的学杂费，成了家庭无法逾越的高山，也成了他沉甸甸的心理负担。

为了继续圆自己的艺术梦想，来到北京的第二年，他带着自己仅有的5000元钱，瞒着父母开始了正式的“北漂”生活。

他下定决心：不在北京闯出一个名堂，决不罢休。

他的人生从此开始以另外一种姿态延续。他开始像许多“北漂”族那样，租住在北京郊外每月几十元钱的贫民窟中，靠啃大饼吃咸菜度日，为梦想艰难地拼搏。

他拿着从家里带的钱先学习影视表演，有所成就后就去跑龙套，曾经出演过许多像“被一脚就踹死的小太监”之类的小角色。

当看到当演员无望后，他又转行迷恋上了口技表演。

拜师学艺，小有所成后，他又开始出去闯荡。为了能够登台表演，他想出各种办法推销自己。他到各种演出机构、表演场所推荐自己，还将写有“会表演、会口技”的“自荐信”张贴在地铁口去淘机会。可这样的办法终究没有多大收获，多数情况他都被人拒之门外。后来，他终于用“免费表演”的推销术敲开了一家酒店的大门，开始长期在酒店里从事口技表演。那时，他从酒店里得到的是，包吃包住的待遇和可贵的登台机会。虽然他表演的口技不被欢迎，但一有机会，他还是大胆地登台表演。

随着表演经验的逐渐积累，他的表演也越加老练和沉稳。他开始在圈子里小有名气，开始有了和魔术师同台表演的机会，后来还自学了魔术，居然还表演得有模有样。

2004年的一天，一段网络视频深深吸引了他，引起他强烈的震撼。那是一段匈牙利艺术大师表演沙画的视频，大师用沙子作画的独特艺术表演形式，令他目瞪口呆。他匆忙找来白色玻璃，边看边学，可他终没有学到多少，更无法拿到舞台上去表演。

那是一段他最不堪回首的日子，度日如年，梦想也遥遥无边。日子虽然过得艰难，但他一直坚信在自己身上还有那么一点点艺术细胞，还拥有一点点艺术天赋。为了圆心中的艺术梦想，他唯一可以选择的就是，坚持、坚持、再坚持。

到了2007年，他已在北京闯荡了7年，依然“功不成，名不就”。在北京的生活愈加让他感到绝望，可他却不甘心就这么灰头土脸地回去。严酷的现实逼迫着他不得不继续为生存和梦想奋斗。

这一年的某一天，他如常去参加一些商业表演，演出间歇和一位同行聊天。他随口问他，你知道沙画吗？没想到朋友居然知道，还很“内行”。朋友这样回答他：沙画太棒了，只可惜现在国内没有搞沙画艺术的，要想请人进行沙画表演只能找国外艺术家，可国外艺术家请起来太不容易了，档期问题、交通问题、日程安排等等，特别麻烦。后来，朋友用叹息的口吻向他透露，目前自己手头就有一个关于沙画的合约，因为无法敲定艺术家而迟迟无法签约，而这张合约的价值是20万元。

朋友的话，让他眼冒金光，他觉察到，自己的机会终于来了。他犹豫了一下，马上告诉他，我会沙画。

他的话让朋友一惊，朋友用狐疑的目光看他，一脸的不相信。他立刻以严肃的口吻质问他，你见过我什么时候说话没谱吗？

朋友笑了——的确，他在圈子里是出了名的诚实守信，所有关于他的演出，他从来不会迟到，不会早退，更不会爽约。朋友笑着告诉他，还有20天，你抓紧时间准备吧。

朋友签了合同，只是每天都打电话来，用不安的口吻问他沙画作品创作的进展情况，而他则一头扎进沙画表演的创作中，埋头苦干。

那时，国内没有一个人画过沙画，仅供学习的资料也仅仅是一小段从国外传来的网络视频，一切都需从头摸索。

他开始彻夜琢磨如何进行沙画表演，昼夜不停地赶制道具。他从工地取来沙子，反复淘洗干净后，炒成金黄色，还自己动手设计盛沙的盘子。他自己摸索表演的程序，自己创作图画，研究表演手法与表演技巧。

合约上，沙画的表演时间是3分钟，他就在家里反复练习。

20天过去后，他终于忐忑不安地站在台上，开始了自己平生第一个沙画作品的表演。那是一个艰难的开头，尽管他在台下做了充分的准备，但首次用沙画表演，他还是紧张不已。灯光暗下，音乐响起的那一刻，他脑子一片空白，之前为此所做的一切准备似乎都派不上用场。

随着音乐的响起，他开始艰难地一步一步地表演。他额头开始渗出汗珠，抓沙的手微微有些发抖……所有的这一切都让他难以忍受。但关键时刻，他当年的美术绘画功底和这些年来一点一滴积累起来的表演经验帮了他大忙，他终于艰难地用沙子完成了3分钟的绘画。

3分钟的表演时间，在他看来漫长得犹如过了一个世纪。

表演结束后，他以为自己彻底完蛋了。可出乎意料的是，台下掌声雷动，大家都被他这种独特的艺术表演形式震住了。

那是一个近乎完美的开始。那天，台下坐着的有中央美院的教授、奥组委委员和美院的学生，大家都为他的表演而感到震撼。一时间，他声名远播，名扬天下，那是一次绝好的展示自己的机会。从此他一发不可收拾，请他进行沙画表演的邀请一个接着一个。

他开始全身心地投入到沙画的创作与表演中，将中国的写意画融入到沙画创作中，创造出大量区别于外国又极富本土特色的作品。他佳作不断，声名日隆。

两年后，他俨然已经是两家文化公司的老总。而他的表演被人们誉为中国当代“最好的演出”，他就是中国当代最富盛名的沙画大师，青年表演艺术家——苏大宝。

谁说人生没有转机？关键时刻，苏大宝用 3 分钟把自己从命运的泥潭中拖了出来，成就了自己的艺术梦想。而这 3 分钟，凝聚的是他数十年努力的汗水，和瞬间抓住机会的能力。

容祖儿的成功秘诀

▶ 文 / 琪琪

只要朝着一个方向努力，一切就都会变得得心应手。

——勃朗宁

多年以来，在香港乐坛，容祖儿一直稳坐“英皇一姐”的宝座，当仁不让地成为香港歌坛新一代天后。令许多人不解的是，论相貌，她不是最美丽的；论歌艺，她也不是最出色的，然而，她却凭着极高的人气和唱片百万销量的成绩称霸香港歌坛多年。她的走红和成功，对于许多人来说，一直是一个不解的谜。

1995 年，年仅 15 岁酷爱唱歌的容祖儿，在一次卡拉 OK 比赛中荣获冠军，脱颖而出，被唱片公司发掘出来。之后的几年，她的歌唱事业并不顺利，不是被签约公司解约，就是面临公司的倒闭而无计可施。经过几年的波折，直到 1999 年，她才签约英皇公司，在师傅罗文的带领下正式踏入乐坛。

初入英皇，许多人并不看好她，相貌不起眼又不怎么爱打扮的她，给人的第一印象其实并不好。大家认为，对于不属于天生丽质完美佳人的容祖儿来说，与遍布俊男美女的香港娱乐圈，应该是格格不入的。

对于这个相貌平平的新手，英皇公司很是为难了一阵子——如何包装，才能将她推出去呢?

不久，在香港最繁华的地带，尖沙咀的一条大街上，有一张巨幅大海报张贴出来。令人惊奇的是，海报上没有令人炫目的宣传照，也没有繁杂的文字介绍，只有这样简单的几个大字：一个不能逃避的声音——容祖儿。凡是看过这张海报的人都说，这张海报蛮奇特的。由于这个奇特的广告，大家的兴趣一下子被调动起来，之后不久，英皇公司便适时推出了容祖儿的音乐。只是，大家只闻其音，不见其人。

后来，不断有人发现，这个女孩儿的声音其实蛮好听的。当听众真正喜欢上了容祖儿的声音后，英皇公司才在各种场合让她慢慢“曝光”。这个时候，这个声音出众的女孩儿早已深入人心，大家对她平平的相貌反而不去在意了。常常有人会说，容祖儿原来是这样子呀，长得其实也不算太差嘛。

此后，在公司的全力打造和自己的不断努力下，容祖儿的歌唱事业开始稳步发展，步入正轨。2003 年，随着唱片《我的骄傲》以及国语版《挥着翅膀的女孩》的推出，她的歌曲红极一时，广为传唱。当她唱红大江南北时，大家才发现，这个曾经遭人质疑与嘲讽的女孩儿，已经一飞冲天了。

然而，容祖儿的事业并非一帆风顺，在她如日中天的时候，有一件事情曾让她惴惴不安。作为镜头前的人物，保持光鲜亮丽是最基本的原则，对于体重的要求则更加残酷。要在娱乐圈谋得更大的发展，对于 60 公斤体重的她来说，减肥势在必行。这个时候，公司的许多人也开始对她说，容祖儿，你这样不行，如果不减肥，就是唱歌再棒也没有用。

她听后，一下子恐慌起来，对呀，我的歌唱得一般，形象又这么差，不减肥大家是不会喜欢我的。然而，对于“不吃东西人生就没有目标”的容祖儿来说，减肥是件何其痛苦的事情。但此后，她还是开始了各种艰苦卓绝的减肥行动，先后通过疯狂运动、节食和泡热水浴等方法来减肥，但最终都以失败告终。

后来有一天，她突然发现，自己并没有因此而受大家的冷落时，才突然醒悟过来，其实大家真正喜欢的是我的歌曲，我为什么不把心思都放在唱歌上呢？想通了，她便不再为体重而烦恼了。随着一些歌曲的推出，容祖儿的歌唱事业也获得了极大的成功。

此时，心态好了的她，开始考虑改善自己的外在形象，这个时候，减肥反而成功了。随着歌唱事业的发展，她的声音和形象深入人心。此后，无论遇到什么困难，她都会牢牢记住一点：我的优势是我的声音，我要为此付出努力。

原来，这个相貌平平的女孩儿，成功的秘诀就这么简单，就是把自己最出色的部分呈现出来，永远不要忘记自己的优势所在。

比云更高的，还有山

文／古保祥

谁有进取的意志，谁就能成功。

——罗曼·罗兰

日本东京国立中学的一间教室内，正在进行年度的作文测试，一个矮瘦的男生此时正紧张地在抽屉里搜索着一本作文书。他身体多病，最讨厌的课程便是作文，最喜爱的事情是户外运动，攀登珠峰是他最大的梦想。

作文老师神不知鬼不觉地出现在他的面前，使他的梦想暂时停歇。当老师的手触及他的手时，他感觉有一种一脚蹬空的失落感，在失去依赖的情况下，他不得不借助于自己的空想完成今天的考试。

他凭空设想了自己的将来：自己可以在云朵上翩翩起舞，原来云朵上也是一片平坦，在地面上能做的事情，在云朵上也可以完成。你可以唱歌，可以种一片庄稼，更可以与小伙伴们一块儿玩耍。只是你需要注意云朵的间隙，那是整块云最薄弱的部分，一不小心，你就会从云朵的缝隙里掉下来。

这篇作文被老师当作范文在课堂上朗诵，老师的点评结果是：文采并不出众，但想像力丰富，只是缺乏可以实现的基础。

同学们嘲笑他的空想，说云朵是虚幻的，怎么可能上去？他下课时，带着疑惑找到作文老师，问他这样的梦想是否可以实现？

作文老师被这个小家伙的执著感染了，他低下身去抚摸着他的头，说道：科幻是不可能实现的，迄今为止，还没有人能够在云朵上跳舞。

这个小个子听完后，一阵沮丧。他每天傍晚时分，便站在村口的山坡上，看着天上的朵朵白云幻想，他好想自己长了一对像雄鹰一样的翅膀，飞越苍穹，跨越云朵。

18 岁那年，他开始攀登日本的富士山，体弱多病的他受尽了折磨与白眼，在无数人奚落的眼神里，他选择了执著。富士山并不高，他却登了两次才成功，第一次他的腿抽筋，打急救电话，医生与护士风风火火地将他抬了下来，医生告诫他不要玩火自焚，他却赌气从病床上爬起来逃回家中；第二次他准备了很长时间，成功后，他不知足，觉得应该挑战更高的山峰，他的目标对准了珠穆朗玛峰。

这简直就是一个幻想，医生听完他的宏图伟业后直皱眉头，因为无论从身体素质、心脏搏动情况，还是握力、脚力、肺活量及肌肉发达程度，他都低于成年男子的平均水平，先天性不足的人如何挑战人类生活的极限？

但他是个不服输的家伙，他认为自己有登顶富士山的经验，况且自己的心理状态极佳，即使不成功，也可以积累登山方面的经验，哪怕真的失败，结果也不过就是永远与高山葬在一起。

在攀登珠峰前，他先做了热身，加强了体育锻炼的强度，以期望提高自己应对各种困难的决心和经验。他在经历了生死考验后，成功地登上世界第七高峰道拉吉里峰。

2008 年，他第一次登珠峰失败，他的身体出现短暂性的休克，且视力模糊，严重的缺氧反应差点让他丧命珠峰。第二次，他总结了经验，在自己身体状态最好的时候出发，但事与愿违，珠峰发生了严重的雪崩。当一位遇难者的遗体出现在他的面前时，苦难、死亡的考验像雪花般向他袭来，由于心理接近崩溃，他退缩了。

在两年的调整期当中，他选择了沉默与坚强，旁人的冷眼旁观、亲人与家人的不理解，爱人的痛苦离开，一系列变故如雪片般倾轧过来，但他并没有被击倒，而是痛定思痛，暗下决心，从头再来。2011 年 11 月，在经历了两次失败后，他成功地登顶珠峰，在他的日记中他这样写道：看到无数的云朵在自己的脚下游荡时，我感到自己胜利了，小时候的梦想实现了，原来，比云高的，还有山。

云时常用一种高傲的姿态面对着世间万物，让你无法企及，让你儿时的梦想裹足不前。既然我们无法在云朵上航行飞舞，无法用自己的身躯去征服它的虚幻与翱翔，那我们何不更换思想，高人一头，超越云的身躯？

比云高的还有山，当你有一天登上伟大的巅峰时，你会发现，云不过以虚幻的面貌在你的脚下徘徊、游荡，而你脚下所踩的，是实实在在的胜利。你可以睥睨云，让云朵在你的脚下萦绕起舞，对你崇拜敬畏。

比路更长的，还有脚；比云更高的，还有山。

雨是乌云的花

▶ 文 / 古保祥

> 一个从不怀疑生活方向和目标的人，绝对不会绝望。
>
> ——莫里亚克

15 岁的米勒坐在自己的座位上，不停地摆弄自己手中的一个微型玩具。他正在开动脑筋策划自己的方案，他想制造出世界上最完美的童话图案，这是他从小就树立的伟大梦想。

课堂上不允许想入非非，更不允许丑态百出，多卡尔老师提醒米勒注意听讲。听到老师点评米勒时，课堂下面骚动起来，同学们忍不住回头看这朵自诩漂亮的“乌云”，他长相奇特，丑陋无比，黑得透亮迷人，“乌云”的绰号自然而然，实至名归。

许多老师均对米勒的表现不满意，因为他天生外向的性格、不安分的心灵带动了许多同学的行动。他们甚至计划去寻找德国的不安心分子，与他们共同谋划惊天地泣鬼神的大事，这不过是一群无聊学子的奢想而已。

多卡尔老师曾经找过米勒谈话，问他到底想做什么？学校鼓励有动手能力的孩子创新，但需要提前备案让校长知道，也许会有一笔资金划到这个项目的名下。

我要找一种形象，他代表孩子们的心声，这种形象是孩子们的花，孩子们可以横行无忌地通行在自己的海洋里，就是这些。

不可思议的回答，多卡尔老师只好通知了他的家长，在他看来，有其父必有其子。

父亲对米勒进行了教育，恳请老师再给他一次机会，学校里传言道：乌云居然也想开花，太可笑了！

米勒在学校里进行了尝试，他一直梦想着找到一种适合孩子们娱乐的形象，他找过袋鼠，将自己的方案整理后发到了一家音像公司。结果却石沉大海，他又做了其它实验也杳无音信。

1940 年，二战爆发后，他被当作劳工强制到战场上服役，受尽了折磨却死心不改，他这朵乌云差点死于刀枪之下。

二战结束后，他回到家乡，百废待兴，狼藉不堪，庄稼地里到处都是鼹鼠的天下。它们雀跃飞奔，在田野里舞姿翩翩，似乎战争并没有触及它们的内心世界。

那日，米勒出门散步，无意中掉进了一个土坑里，原来是鼹鼠打洞留下的洞穴。灵感不请而至，他忽然间想到了可爱的、顽皮的鼹鼠形象。鼹鼠也有灵魂，也有它们的生活，如果将它们的故事搬进书本里，加以童话般的描述，一定会赢得小朋友们的青睐。

喜出望外的他一口气制作出《鼹鼠的故事》系列，次年，《鼹鼠做裤子》在荧屏上首映，取得了空前的成功。孩子们纷纷挑大指称赞这个吉祥的动画形象，米勒这朵“乌云”取得了空前的成功。

成功降临时，虽然手足无措，但却风生水起。乘着这样的灵感之光，鼹鼠的故事绵延千里万里，直抵每个孩子的心灵深处。在接下来的几年时间里，《鼹鼠和青蛙》《鼹鼠的梦》等续集接连推出，孩子们终于找到了一种属于他们本身的爱的形象，鼹鼠系列成了孩子们的天堂。

60年代末到80年代初，是鼹鼠系列创作的高峰期，如今，鼹鼠系列已经在全球15个国家出版，有40种语言读本，成为全球脍炙人口的畅销经典。

他趣味十足地解释道：乌云也会开花的，现在我要告诉大家：雨是乌云的花，雨从乌云的内心分离出来，淅沥自由，滋润着大地万物，使所有的灵魂生机勃勃。谁说黑暗的事物不会开花？

雨缠绵而至，滋养着干涸的大地，给万物带来润泽和生机。谁想过，雨竟然是乌云的花？乌云让人瞧不起，却依然昂首飘泊，云开雾散后，滴滴雨水奔腾流淌，谱写出一部大爱无疆的人间童话。

乌云也是上帝的垂赐，如果你的天空正乌云密布，你有福了。因为乌云正是雨的酝酿，而雨是乌云的花。

杯记得茶的香味

▶ 文 / 文飞

人生是一场无休、无歇、无情的战斗，凡是想做个够得上称为“人”的人，都得时时向无形的敌人作战。

——罗曼·罗兰

春寒料峭，日本有名的茶道公司门口站满了等候面试的人们。他们顶着初春的严寒只是为了躲避亚洲金融危机的冲击，每个人都希望挣到足够多的钱，来度过这个困难的时代。

一个 20 岁左右的男孩子，在人群中显得极不协调，他被人群挤来挤去的，好像一只飘荡的浮萍。他的脸充满了沮丧与不自信，他左边空空的袖管下埋藏着自己多年前的一场噩梦。

有人叫他的名字：山田拓朗，你也来应聘吗，我看你还是回家照顾母亲吧，再说，凭你的个人条件是不会有人录取你的。

山田的脸一片绯红，但他仍然坚强地站直了身子：我什么都可以做的，放心吧，我不比你们健全的人差多少。

面试的结果可想而知，他遭到了无情的拒绝，甚至面试官的目光中装满了不屑，他们觉得这简直是贻笑大方。

山田无奈之下，只好到当地的一家茶园去上班，虽然工资少得可怜，但总比在家里闲坐好得多。

他每日里郁郁寡欢，回家时便向母亲抱怨自己的命苦，为什么自己的左臂会遭遇不测？他甚至觉得父亲的去世是上天对自己最大的惩罚。

又一天上班时，茶园主邀请他坐下喝茶，他受宠若惊。茶是苦丁茶，一种不起眼的茶，在市场上到处都是，卖不上价钱，许多人用来洗手泡澡用。

他品了一口，觉得苦涩无比，忍不住吐了出来。

茶园主问他，这茶十分苦吗？

是的，就像我一样身世凄苦，但这就是命，它不可能变成另外一种茶的，没有人会记得这种茶的香味。

茶园主笑笑，用他刚刚喝过的茶杯换了另外一种茶，然后让他喝。

他喝下去后，感觉到一种别有的清香，他赞叹道，好茶，这是什么茶？

不，这是白开水，我根本就没有加茶叶进去，不过，我用的茶杯是常年浸泡苦丁茶的杯子。你不要以为苦丁茶就是一种苦茶，它不是没有香味，它只是将所有的香味都浸在了杯子里。你刚才不是说没有人会怀念这种茶的香味吗？你错了，杯子记下了这种茶的香味，不然，香味为什么会出现在白开水里呢？

杯记得茶的香味，总会有人记得你的才能。你喜欢游泳是吧，我的游泳馆可以常年向你免费开放，相信你可以成为一位出色的残疾人运动员。

这个叫山田拓朗的孩子犹如醍醐灌顶。

人不是一无是处的，哪怕这人的身世是多么的卑微寒酸和凄凉。

即使你不被全世界赏识，但总有一盏杯记下你的香味。当时间的嘴掠过痛苦的杯沿，上帝早在不经意间将成功的因子拷贝在你生命的内存里，轻啜一口，唇齿留芳，香飘无涯。

世上本无黑色的花

文 / 文飞

志不可一日坠，心不可一日放。

——王豫

他从小就表现出极为活跃的运动能力，有一次，他恶作剧似地将父亲的帽子里塞满了狗屎，在父亲发现后追打他时，发现他跑得比狗还要快。

为了他的将来，家境贫寒的父母将他送入了体校，但这需要花许多的钱。父亲是个生意人，每天风里来雨里去地不着家，但收入甚微，母亲为了他白天去扛麻袋，晚上时分便坐在油灯前给富人家缝补衣服。

但这一切，他似乎没有感觉到，他只是若无其事、信马由缰地按照自己年轻的思维去逃学、缺课，直至有一天，父亲站在他的面前询问他的成绩时，老师将一份极为糟糕的成绩单甩到父亲面前，父亲看后，痛苦不已，揪着他的耳朵将他拖回了家。

他不得不被父亲软禁在家里闭门思过，接下来他的工作就是去叔叔的花园里侍弄鲜花，那儿缺少一个花匠。

叔叔是个很幽默的人，跟他开玩笑说学成回家了？他没好气地看着叔叔。叔叔说道，你看看这些花五颜六色、姹紫嫣红的，可你见过有黑色的花吗？

有呀，他不假思索地回答着：墨菊呀，我见过的，它是黑色的花。

你错了，孩子，它并不是黑色的花，应该属于深紫色。说着，叔叔将他领到墨菊前面，他弯下身去，仔细地端详后，恍然大悟。

叔叔，为什么这世上没有黑色的花呢？难道是不好看吗？他歪着小脑袋问叔叔。

这是长期适者生存的规律。花儿也是一种有灵性的生物，黑色容易吸收太阳光，而过多的太阳光会将花蕊晒伤。为了防止自己被晒伤，时间久后，它们就逐渐淘汰了黑色的花素而转变成了其它颜色。

他似乎有所感悟，低着头不吭声。

叔叔转移了话题：孩子，世上本无黑色的花，世上也没有绝对黑色的人生，所有的困难、黑暗都是相对的，拨开了黑云，你就会发现阳光；战胜了困难，你就可以取得成功的绿宝石。人也必须学会适应自然、社会和生命，等到你的奋斗达到理性状态后，你就会发现，黑暗早已经远远地躲开了你，你收获的都是色彩缤纷的花。就像那些花儿，抛弃了黑暗，坚强地绽放着。

世上本无黑色的花，世上也无绝对黑暗的人生。

不再被人忽视的理由

▶ 文 / 崔鹤同

面对悬崖峭壁，一百年也看不出一条缝来。但用斧凿的话，得进一寸进一寸，得进一尺进一尺。不断积累，飞跃必来，突破随之。

——华罗庚

他是一位不幸的少年，因为身材矮小，总是被别人忽视。他刚上学的时候，他的同学和老师都不是很接纳他。很多同学都给他起外号，而且他们经常欺负他，最后他被迫离开了那所学校，去了另外一个学校。

一次，学校开展小发明比赛，但是班级小组推荐的名单中没有他。于是他找到老师表示愿意参加比赛，老师尽管有些怀疑，但仍然答应了他。几天后，他交上了自己的作品——无尘电动黑板擦。这个作品不仅在学校获了奖，还在市里获得了一等奖。

上中学的时候，他的身高只有 1 米多一点。一次，电视台、教育厅、省科协举办“青少年科技创新大赛。”他经过考虑，给电视台打去电话，说要代表自己的学校报名参赛。结果，他设计的电动车防滑带获得此次大赛一等奖，为学校争得了荣誉。

2003 年 12 月，联合国教科文组织决定举办一次“全球儿童文化论坛”，在全球每个国家选择一名 14 岁以上的青少年赴巴塞罗那参加活动。这一次，他又主动报了名，并被列为候选。然而，全国共有 120 名候选青少年，从中只能挑选 1 人。组织者把 120 人分为 12 个小组，每组选 1 名代表上台演讲。不幸的是，他没有被小组选为代表。

当其他选手在台上侃侃而谈的时候，他再也坐不住了，悄悄地跟一位工作人员说：“叔叔，您能不能帮我喊一下台上的主持人？”主持人走到他的身边，他小声地对主持人说：“尽管没有人推选我，可我觉得我有这个能力，请您给我一次机会，我将会给您一份惊喜！”在主持人和评委沟通以后，终于答应让他上台试一试，这一试，他成了中国唯一的入选者！

2004 年 3 月，他接到了联合国的正式邀请。5 月 12 日，身高只有 1.2 米的他，作为中国唯一的代表站在了西班牙巴塞罗那的全球儿童论坛上发表演讲。他的演讲赢得了场内持续热烈的掌声，因为他的优异表现，外国很多家媒体把他称为是“中国最阳光的男孩”。2004 年 12 月，法国著名儿童片“天线宝宝”制作中心专程赶到中国，为他拍摄专题片。

他的名字叫姚跃，安徽省合肥市三十八中一位 16 岁的残疾少年。“小不点”的他，在许多方面表现了不一般的“大智慧”。他获得过合肥市青少年科技创新大赛一等奖；安徽电视台“金点子行动”发明创造（青少年组）二等奖；省残疾人乒乓球赛第四名、合肥市中小学生乒乓球赛团体第一名。他专为残疾人制作的网站可以为残疾人提供免费咨询服务，英国一家残疾人基金会还准备吸纳这个网站。姚跃，一个充满朝气和希望的阳光少年。

只有自己尊重自己、自强不息、奋发进取，竭力把自己推到前台，才会展现人生另一番风景，这也是不再被别人忽视的理由。正如在接受西班牙国家电视台记者采访的时候，姚跃说：“当你被别人忽视的时候，请记住一句话：你就是自己的伯乐。”

在痛苦中成长

文 / 崔鹤同

坚硬优质的钢条，是经过千锤百炼而成的；瑰丽美观的贝壳是经过水冲日曝而得的。我们的意志和毅力也必须在火热的斗争中接受严峻的考验，接受长期的锻炼。只有这样才能使自己在困难面前，永远热情奋发，斗志昂扬。

——加里宁

她是一个命运不济的人。大学毕业后，她在伦敦漂泊，靠打零工糊口。一次，她去曼彻斯特寻找大学时的男友，却未能找到，只好乘车返回伦敦。在火车上她闷闷不乐，40 分钟的路程她一直望着窗外一成不变的英格兰乡村发呆、幻想。

她是爱幻想的人，当她看着窗外那可怜的、黑白的花奶牛时，她忽然想到有一列火车载着一个男孩去巫师寄宿学校的情景。这时一个灵感一闪：一个小男孩在得到魔法学校邀请前并不知道自己是个巫师的故事情节在她脑海中浮现。为此，她浮想联翩，兴奋异常。

很可惜，那个6月的晚上她没有带笔，也没有带纸，她很失望，只好闭上眼睛，把浮现在脑海中的每个想法和细节都记住。回到家后，她迅速潦草地把在火车上想到的故事情节都写在一个廉价的小本子上。很快，这样的小本子就装满了一鞋盒。这时，她大胆地决定，要写书，要写成7本书！虽然她还是个未出版过作品的作家。

后来，她与葡萄牙的一名记者结了婚。但很不幸，最终丈夫抛弃了她，她带着出生仅4个月的女儿被赶出了家门。她去了爱丁堡，在妹妹的帮助下，靠政府的租房补贴租赁了一个公寓的一间卧室，她在厨房的桌上完成了第一部作品的手稿。

妹妹对她的作品大为赞赏，这给了她很大的鼓舞。更令她稍感欣慰的是，她的妹夫所在的公司在市中心购买了一家叫尼科尔森的咖啡馆，她便每天前往。咖啡馆的员工见她一个小时或两个小时才喝一杯咖啡，都很同情她。

也许是命运的某种指引，因为隔一条街有一条路名叫波特路，于是，她把小说的主人公定名为“哈利·波特”。她每天推着女儿杰西卡出发，走半个小时的路，来到市中心。推着她前往咖啡馆，艰难地登上通往二楼的20个台阶，然后找一个安静的角落，在女儿熟睡的时候，专心她的写作。

就这样，1997年6月，她的第一部作品出版了，一问世就引起了轰动。她就是畅销书科幻小说《哈利·波特与魔法石》的作者英国的JK·罗琳。接着，她先后于1998年、1999年、2000年和2003年、2005年陆续推出了这个系列小说的后五部。2006年6月，她的第7部也是最后一部《哈利·波特与死灵》也已出版发行。

随着系列小说的发行，一股“哈利·波特”的热潮在全世界迅速生成。她的这 7 部系列童话小说，已经被翻译成 63 种语言，在全世界发行了超过 3 亿册。其中前 6 部已被改编成电影在全球上映，部部卖座。《哈利·波特》的品牌价值已超过数十亿美元。她被英国女王伊丽莎白授予帝国勋章，美国《财富》杂志曾评选她进入世界百名财富排行榜，她的收入仅次于飞人迈克尔·乔丹。

罗琳成功了，她最爱说的话就是：“人生就是受苦。”尼采说：“受苦的人，没有悲观的权利。”是的，把痛苦当作一种营养，去浇灌坚韧与执著，人生之树就一定会茁壮成长，枝繁叶茂，开花结果。

没有翅膀，心灵也能飞翔

文 / 崔鹤同

锲而舍之，朽木不折；锲而不舍，金石可镂。

——荀况

他本是一个幸福的孩子，有着无比快乐的童年，对未来充满了美好的幻想和憧憬。不料，一次突发的意外几乎把他完全击倒。

10 岁那年，他和另外 3 个孩子在一个简陋的配电室旁玩捉迷藏，配电室的墙是用土砌的，很矮。他在往墙上爬的时候，不幸触到了裸露在外的高压线。等他醒过来的时候，他已经躺在了医院的病床上。后来虽然脱离了生命危险，但他却从此永远失去了双臂，当时他的脑袋一片空白。

突逢变故，开始那段日子他异常消沉。但是父母并没有因为他失去双臂就特别保护他，相反有时候甚至对他比普通孩子还要严格，要求正常孩子能做到的，他统统都要做到。于是他尝试着用双脚代替双手，刷牙、洗脸、写字，半年之后，他就学会了生活自理。后来，在北京市残联副主席刘京生的帮助和鼓励下他进入了北京市残疾人游泳队，并在2005年、2006年连续两年获得了全国残疾人游泳锦标赛百米蛙泳项目的冠军。

高三那年，他喜欢上了歌曲，各种风格迥异的旋律像小鼓一样敲动了他的心，他爱上了音乐，想学钢琴，并梦想成为优秀的音乐制作人，但是自己却失去了双臂！这时妈妈说："儿子，你没有什么和别人不一样的，别的孩子能干的事儿，你都能干！"于是他最终没有参加高考，而是开始学习用脚弹钢琴，又买来各种乐理方面的书籍，闭门苦读。

由于钢琴比较高，他的脚没有支撑点，双腿完全是悬空的，长时间的练习，经常导致他的双脚红肿。于是他的爸爸为他用木板做了一个和钢琴一样高的、放脚的架子供他练习，通过每天坚持不少于7个小时的学习和超人的悟性，他一年内就达到了钢琴7级的水平。2006年他加入了北京市残疾人艺术团，并开始了音乐创作。他就是22岁的北京男孩刘伟。

2008年北京奥运会期间，只学了一年钢琴的刘伟参加了北京电视台的《唱响奥运》节目，当着刘德华的面，他弹了一曲《梦中的婚礼》。接着再次受邀，他弹着钢琴与刘德华合唱了一首《天意》。当他弹奏完毕后，刘德华立刻跑过来抱住了他。

2009年，刘德华新专辑的《美丽的回忆》就是他填的词："我站在这里送给你/送你我最美丽的回忆/送你我的努力/你的鼓励永远都清晰/我站在这里拥抱你/抱你我最真实的身体/抱你我的约定/你的美丽永远都很清晰。"

2010年5月，他参加了《快乐男声》济南赛区预选赛。当时，他的歌还没唱几句就被打断。当工作人员把钢琴抬进来让他表演时，弹了不到一半，评委就很不耐烦地打断了他的演奏，然后一句话也不说。坚强的刘伟觉得这些都算不了什么，眼前的天空出现了5个字：多大点事啊，然后

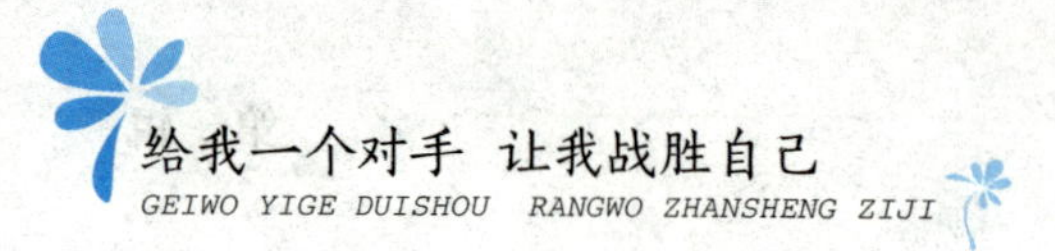

沉静、淡定地走下台去。

2010年8月，当刘伟空着袖管走上上海东方卫视《中国达人秀》的舞台，再次将《梦中的婚礼》奏响时，全场起立为之鼓掌。当评委高晓松问他这一切是怎么做到的时候，刘伟说："我觉得我的人生中只有两条路，要么赶紧死，要么精彩地活着。没有人规定，钢琴一定要用手弹。"

9月12日晚，东方卫视播出了《中国达人秀》首场全国半决赛，在60名媒体评审团和三位评委的抉择下，最终刘伟以自弹自唱的方式演绎了经典名曲《爱的代价》，以总票数第一的成绩率先进入10月10日的总决赛。

总决赛时，刘伟压轴出场，他自弹自唱一曲欧美名曲《你如此美丽》，情深意长的歌词被他诠释得回味悠长，一举夺得了首季中国达人秀比赛的冠军。

国外各主流电视台的采访邀请、拉斯维加斯的世界达人驻场演唱会、参加蔡依林演唱会，和世界达人签约在一个公司……刘伟的档期已经排满了未来5年，而且大多为出国访问和慈善活动，商业活动他几乎统统推掉。

"将来已经迫不及待地跳到了我的眼前，我想要做的事情很多，但做音乐是绝对不会变的。普通人能做到的，我一定也能做到。只要内心强大，人就会强大"。他动情地说。

没有双臂，双脚也能弹琴；没有翅膀，心灵也能飞翔。

宽容的阳光

▶ 文 / 春秋

谁虚度年华，青春就要褪色，生命就会抛弃他们。

——雨果

一百多年前，瑞典有一个出名的眼科医生文诺，在港口城市朗茨克鲁纳的贫民区开了一家眼科诊所。因为文诺的医术高明，声名远播，不但瑞典国内的患者都纷纷前来求医，就连北欧其他国家的患者也慕名而来，可谓门庭若市。

文诺有个三儿子，叫古尔斯特兰德，从小跟随父亲耳濡目染，也喜欢上了干医生这一行。于是，从十几岁开始，他就给父亲当助手。

朗茨克鲁纳市有个勋爵叫玛尔盖，富甲一方。玛尔盖也在贫民区创建了一个医院，但因为文诺的名气太大，更何况文诺以医济世，从不以医致富。这样，眼病患者都不愿到玛尔盖的医院就诊，因而玛尔盖的医院门可罗雀。这时，有人建议，请文诺来玛尔盖医院主持眼科，玛尔盖却以文诺没有文凭而将其拒之门外，这让文诺异常气愤。

后来，玛尔盖良心发现，愿意让古尔斯特兰德来医院当见习医生。而古尔斯特兰德却憋着一口气，不愿前往，想一定要自己干出个样子来，以报复玛尔盖，给父亲出气。于是，他便努力学习文化知识，刻苦钻研医学，18 岁便以优异的成绩考入了皇家卡罗林学院。5 年后他取得了医学硕士学位，回到了父亲的小诊所，接替了父亲的工作。

他一边行医，一边继续钻研探索眼科医学，又经过 3 年的艰辛努力，26 岁那年他获得了博士学位，他的博士论文《散光》轰动了整个首都斯德哥尔摩。后来，30 岁的他担任了斯德哥尔摩眼科诊所的主管和皇家卡罗林学院的讲师，这时，玛尔盖后悔当初不该把事情做绝，使两家水火难容。

事又凑巧，这时玛尔盖的四小姐芬妮得了严重的眼病，双眼云遮雾障，看不清事物，而且每况愈下。他家医院的眼科医生却又束手无策，眼睁睁地看着四小姐一天天走向黑暗。玛尔盖不惜重金把北欧各国著名的眼科专家都请来了，但仍然无济于事。百般无奈之际，四小姐芬妮提出去请古尔斯特兰德来医治自己的眼疾。

古尔斯特兰德闻知此事，立即赶往玛尔盖家。此时，他似乎已完全忘记了勋爵对其父的歧视与冷漠，想到的只是芬妮的眼病。于是，他像对其他所有病人一样，精心为芬妮做手术。芬妮的手术是开眼割翳，这是他从未做过的，也是世界医疗手术史上的第一例。结果手术很成功，重见光明的芬妮对古尔斯特兰德满怀感激，并爱上了他，要用以身相许来报答他的救命之恩。

但古尔斯特兰德谢绝了，他既没有心存芥蒂而对芬妮的病情坐视不救，也没因治疗成功而接受她的爱情。他仍平静地离家前往乌普萨拉大学任教，从事对眼睛的解剖和疾病防治的研究，而芬妮眼病的手术治疗对他的研究也提供了理论和实践上的佐证。1911 年，古尔斯特兰德凭借“对眼屈光学的研究”获得了诺贝尔医学及生理学奖。

心地光明的古尔斯特兰德，在拯救别人的同时也成就了自己。恰如宽容的阳光，照亮了世界，也温暖了自身。

每个人都可以是第一名

▶ 文 / 李红都

对那些有自信心而不介意于暂时成败的人，没有所谓失败！对怀着百折不挠的坚定意志的人，没有所谓失败！对别人放手，而他仍然坚持；别人后退，而他仍然前冲的人，没有所谓失败！对每次跌倒，而立刻站起来；每次坠地，反会像皮球一样跳得更高的人，没有所谓失败！

——雨果

自从 11 岁打针意外打聋了双耳后，我就一直梦想着哪位神医能救我出苦海，还我清晰的听觉。

都说实现梦想是要吃苦的，我不怕，为了实现复聪的梦想，小小的年龄我便可以天天屏着呼吸一口气喝下一大碗或黑或褐的中药汤，可以忍着眼泪在父母的陪同下接受中医针灸治疗，当大夫把细细的银针扎入我的耳周、头顶和身上各个与听觉有关的穴位，然后在通了电流后那一阵阵的刺激当中，疼痛传遍了全身。

喝了无数苦涩的中药汤，吃了数不清的中药丸，忍受了无数次银针刺入肌肤的痛苦，听力仍没有好转，束手无策的父母开始寄希望于耶稣，祈求上帝恢复我被囚禁的听力。但是，这一切的努力依然没能让我复聪。

爸爸说："好好学，考个第一，这样，你就会赢得更多同学的敬佩。上帝也会被你的勤奋感动而恢复了你的听力。"我信了，我把这考第一当作我人生的梦想，拼命地努力着。

终于有一天，我考了全班第一，我的努力让老师和同学吃惊无比。只是，上帝可能睡了，他没有看到我把梦想举得高高的手臂……

高中毕业后，因为残疾，我失去了和同学们一起参加普通高考的权力，只能去上对身体条件没有特别限制的高等教育自学考试大专班。我付出了常人双倍的努力攻下了专科文凭，却仍然找不到好的出路。

为了生活，我曾在三伏天顶着烈日，在工厂中像男人一样去搬堆成丘陵的铁箱子，任汗水把全身的衣裳都浸得湿透；我曾在三九的寒冬，到饮料厂去当涮瓶工，寒冷腊月里，把手泡在高锰酸甲溶液中机械地涮洗着面前堆得像小山似的玻璃瓶，任冰凉的水把手和心都冻结得麻木……唯一能让我感到快乐的是，发工资那天，我小心翼翼地揣着微薄的薪水跑到离工厂不远的书店，尽可能多地买回我想看的书本和杂志。书本中那些洋溢着真善美的文字，宛如阴冷的角落里映进的阳光，温暖并激励了我的心灵。

读得多了，心里就悄悄地萌发起一个新的梦想，我想让自己的文章也变成铅字，映亮我因残疾而变得灰蒙蒙的人生路。我开始给厂报投散文和随笔，居然投中了好多篇，这让我对梦想有了更多的希望。

2002年初，我决定冲刺外省的刊物，便将生活随笔《歌在心里》手写稿投给了《中国残疾人》杂志。没想到，那年4月初，我就收到一笔100元的稿费和一本样刊。这是当时我所收到的最大的一笔稿费了！我对

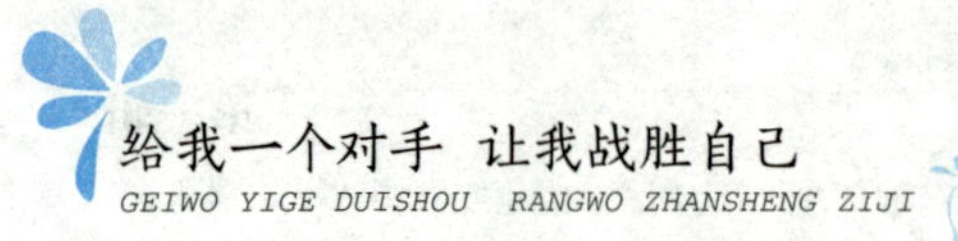

未来充满了希望。

几年后，家里添置了电脑，写作更方便了。每晚哄睡了孩子，我便开始在电脑上打出的一行行文字间播种我的梦想。寂静的深夜，守一盏孤灯，我的手指在键盘上飞舞，我的心在文字中歌唱……心怀梦想的我，累并快乐着。

梦想的太阳每天都在我手下敲动的键盘中升起，又在我投稿失败的当儿落下。然后，又会继续在我新敲打出的文字中升起……那一篇篇我与孤灯作伴"熬"出的作品通过网络，慢慢地出现在大江南北众多的报刊杂志上。我的名字被越来越多的人所熟知。

为了更好地掌握文学创作的技巧，2008 年，我大胆地报名参加河南省成人高考。考前磨枪备战的苦和累，没有吓倒我，我以超分数线 128 分的好成绩考取了洛师院文学与传媒学院中文系函授本科班，成了洛阳第一位学中文的聋人本科生。

学院的领导和老师知道了我的故事后，感动之余，尽可能地将讲议制成课件，放幻灯片便于听不清声音的我及时跟上讲课的进程。三年来，我系统地学习了中文系的所有课目。思维和视野的开阔，使我的文学创作水平又迈上了一个台阶。

随着我写作质量的不断提高，洛阳市作家协会、中国残疾人作家联谊会、河南省作家协会先后向我敞开了大门。公司领导知道了我的奋斗故事之后，也被我追求梦想的执著感动了，之后，我幸运地成了企业报的一名编辑。

看着捧在手里的中文本科毕业证、省级作家证和编辑岗位胸卡、各类征文获奖证书，我感到自己正捧着人生路上辛勤耕耘所收获到的累累硕果。我知道，那是岁月颁发给我的沉甸甸的勋章……

我的奋斗故事经洛阳的电视、报纸等媒体宣传之后，一位因为残疾而看不到未来希望的残疾人朋友在网上向我询问成功的秘诀。QQ 上，她向我讲了因为残疾而经历的种种坎坷，讲了她不尽人意的工作和生活。网络中，我看不到她的泪水，却能感受得到她的忧伤和迷茫。想起她的烦恼和无助，不禁想起当年曾经也看不到生活希望的自己。

我动情地在网上向她讲述了我挣扎在命运低谷时的痛苦和凄迷，那些不为众人所知的酸楚令她感慨不已："没想到你也有那么痛的时候，那么苦的经历……"

她的话，让我突然想起刘德华的一首歌《everyone is no·1》。曾经的我和她一样，羡慕奋斗成功的残疾人风光无限的自豪，现在，我希望她像我一样，正视残疾，带着梦想顽强拼搏。

"我的路不是你的路，我的苦不是你的苦。每一个人都有潜在的能力，把一切去征服。我的泪不是你的泪，我的痛不是你的痛。一样的天空，不同的光荣。有一样的感动，不需要自怨自艾的惶恐，只需要沉着，只需要向前冲……迎接未来不必等，成功的秘诀在你肯不肯流最热的汗，用最真的心。第一名属于每个人！不害怕路上有多冷，直到还有一点余温，我也会努力狂奔！"

失去了听力的我已永远无法听清歌声的美妙，但是，我却能感受得出歌词的昂扬，那是一位从软弱中走出来的残疾勇士吹响的向命运宣战的号角，召唤着每一位有志气的残疾人生命不止、奋斗不息。

别指望一眼识人

▶ 文 / 董建昌

流水在碰到底处时才会释放活力。

——歌德

1998 年，杜淳报考中央戏剧学院。笔试时，他顺利过了关，可到了面试的时候却遇到了麻烦。主考官看了他的表演后，说，小伙子，你真的不太适合做演员，因为你的性格太过内向，行为方式也与演艺圈格格不入……

仅凭一次表演，就断定杜淳不适合表演，准吗？

1999 年，杜淳顺利地考上了北京电影学院。2003 年毕业前夕，他应邀拍摄了胡玫导演的大戏《汉武大帝》，并获成功。此后，他又先后拍摄了《51 号兵站》《爱无悔》《敌营十八年》《虎胆雄心》《走西口》《南下》《租个女友回家过年》《锄奸》《青春期撞上更年期》《古今大战秦俑情》等热播电视剧。如今，演艺之路越走越宽的杜淳，获得了越来越多的观众的认可和青睐，并成为了新生代演员的代表人物。

杜淳确实有才，可那位面试老师却错过了一次当“伯乐”的机会。其实，一眼识人出差错的远不止那位老师一个人。早在近千年前，宋仁宗也曾经与那位面试老师一样，做过类似的判断。

群臣都夸王安石是能臣，宋仁宗听多了，就有意要考察一下。一天，宋仁宗请大家去钓鱼，王安石也跟随大家来到皇家后花园。只是他有点另类，不知道是对“逸豫亡身”“忧劳兴国”的圣人之训保持着警惕，还是万家忧乐装在心里放不下，总之，他一个人独自闷在一边，一手支颐，一手抓碟，把摆在碟子里的皇家玉豆一颗接一颗地往嘴里送。送进豆一颗，嘎嘣咬一颗，心不在焉，直到把满碟豆子都吃完了。

远处，宋仁宗看着王安石吃完这一碟豆子，作出了一个几乎可以断送其前程的判断：王安石是百分之百的奸臣。

碟子里的豆子其实只是鱼饵，宋仁宗觉得，一个人沉浸在自己的心事里，误吃一粒，可以理解；错嚼两粒三粒，也情有可原，但这一碟鱼饵都被吃了，这不是故作深沉、有叵测居心吗？

事实上，嗑瓜子，吃豆子，只是王安石的一个习惯，这与他的才能和人品并无必然的联系。然而，那次垂钓后，宋仁宗还是将王安石晾到了一边。王安石从地方上带来的万言改革书，被宋仁宗高高挂起。

很显然，宋仁宗与那位主考官一样，在选用人才上走入了一个误区——以为从一个细节就可以识别一个人的好与坏、忠与奸。白居易说，试玉要烧三日满，辨才须等七年期。世界上最复杂的可能就是人了，指望一眼把人看准，哪有那么容易？

想起另一个故事。丢勒和奈斯丁是一对好朋友，也是一对奋斗中的画家，但由于贫穷，他们必须半工半读才能继续学业。后来，两个人决定以抽签的方式决定一个人工作来维持彼此的生活费，另一个则全心全意学习艺术。

后来，丢勒赢了。丢勒说，自己成功后，一定会全力支持奈斯丁学习艺术。但丢勒发现，奈斯丁因为辛勤工作，以致手指都已僵硬扭曲，他那双原来敏感的手已经不能灵敏地操持画笔了。

有一天，丢勒在未预先告知的情况下去拜访奈斯丁。打开门，他看到奈斯丁正合起僵硬的手，跪在地上，安静地为朋友的成功祷告。丢勒赶快描绘了这位忠心朋友的双手，这就是后来成为世界名画的《祷告双手》。

当时，许多人都对丢勒和奈斯丁的协议持怀疑态度，而数年的时间证明，丢勒和奈斯丁之间的友谊是真诚的。是的，人不是化学物品，用一剂试剂一测，就可以确定性质；人也不是物理物品，截其一面，就可以确定其形态。卢梭也说，别指望一眼识人，指望一眼就能把人看准、看透，在很多时候，都是行不通的。

摈弃那些虚无的心理魔杖

▶ 文 / 董建昌

多数人都拥有自己不了解的能力和机会，都有可能做到未曾梦想的事情。

——戴尔·卡耐基

一天，孟浩然正在王维府上做客，皇帝突然造访。玄宗的造访对于科试屡屡失败却仍想求取功名的孟浩然来说，无疑是天赐良机。然而，面对机会，孟浩然却在第一时间选择了逃避。但王维却不想让孟浩然失去这个千载难逢的机会，于是他“出卖”了孟浩然。

孟浩然从床底下钻出来，一脸尴尬地伏倒在地，拜见皇上。

那天，玄宗虽未责备，但第一印象多少还是打了一些折扣的。好在玄宗也喜好诗歌，于是和颜悦色起来：“把你的诗拿出来让我们欣赏欣赏吧！”

要知道，孟浩然的诗在业界早已得到公认，随便选一首也能得到玄宗的青睐。可孟浩然却觉得自己有实力，没有必要走王维这条有失面子的路。于是，他一张口就蹦出一句令王维和玄宗都大跌眼镜的诗句来：“北阙休上书，南山归敝庐。”这是一首什么诗？这是一首怀才不遇的诗，试想换做任何一个领导，谁会用你？

作为诗人，孟浩然早已名声在外，年轻的李白对他也是推崇有加，然而孟浩然却因为自负，因为拉不下面子，结果失去了一次晋升的大好机会。

想起前不久报纸上的一个报道。王睿和张燕一起去一家单位面试，有一位面试官接过她们的简历，很快就鄙夷地扔给她们，说，请看清楚，我们公司只招本科以上的，大专一律免谈。

薄脸皮的王睿一下子涨红了脸，像是受到了莫大的伤害，从应聘场出来，她垂头丧气地对张燕说：“真受不了，感觉太丢人了，我再也不想参加这类的招聘会了，我还是回去让亲戚朋友帮忙介绍份工作算了。”王睿真的从此就不再去求职了，只等着熟人给她介绍工作。

张燕没有熟人可依靠，只好单枪匹马四处出击，为了自己的未来，她不停地为懦弱的自己鼓劲：“厚脸皮的人有好福气，被人拒绝算得了什么？只要找到好工作！”在这样的信念下，张燕顶住求职过程中的种种尴尬，顺利找到了一份理想的工作。

俗话说，脸皮厚厚，福气在后。纵观大千世界，厚脸皮的人，往往会比薄脸皮的人多一些机会，因为它不受过度强烈的自尊心羁绊，摈弃了那些虚无的心理“魔杖”。

毕福剑刚进电视台不久，恰好赶上一个电视节目。在拍摄之前，部门负责人召集所有的人员开会。在会上，负责人将拍摄的构思告诉了大家，并且请大家发表自己的看法。

毕福剑认真听完后，忽然有另一个不错的想法，可是他想了想，又把话咽了回去。他知道电视台藏龙卧虎，自己这么一个新人，没经验，万一说错了，那就不好了。所以，直到开完会，毕福剑也没有发表建议。

可是散会之后，毕福剑越想越不甘心，他总觉得自己的构思完全能让节目变得更好，可同时心里又非常犹豫。毕竟初入职场，一旦自己的建议不被采纳，那自己将多没面子啊，而且会给同事留下能力不强的负面印象。

然而，毕福剑在内心纠结了两天后，还是鼓起勇气，推开了上司办公室的大门……

后来，毕福剑将自己的想法融进拍摄中，拍摄过程竟然是出人意料的顺利。不久，节目拍摄成功，播出后也广受好评。面对上司的夸奖，毕福剑愣了半天，他没想到自己当初觉得那么难的事情竟然会这么简单地成功。

是的，正如梭罗所说，做任何事情，一旦心里有了太多的羁绊，就会畏首畏尾。而如果摒弃那些虚无的东西，把用在顾虑上的精力都用在工作上，那事业的发展就会快得多。

成功者隐形的翅膀

▶ 文 / 董建昌

勿问成功的秘诀为何，且尽全力做你应该做的事吧。

——美华纳

有一次，作战部长爱德华·史丹顿称林肯是“一个笨蛋”。史丹顿之所以生气是因为林肯干涉了他的业务，武断地签发了一项命令，调动了某些军队。史丹顿不仅拒绝执行林肯的命令，而且大骂林肯是笨蛋行为。

结果怎么样呢？林肯听到史丹顿的话后，很平静地说：“如果史丹顿说我是笨蛋，我就一定是一个笨蛋，因为他几乎从来就没有出过错，我得亲自去看看。”

林肯匆忙赶去了史丹顿那里，与其进行了一番交流之后，林肯知道自己签发了一项错误的命令，于是赶紧收回了该命令。

面对史丹顿的批评，林肯没有发火，而是反求诸己，虚心接受。

不禁想起另外一个故事：周末，厨师乔治正忙碌不堪时，服务生端进来一只盘子对他说，有位客人点了这道“油炸马铃薯”，他抱怨太厚了。乔治看了一下盘子说，这跟以往也没什么两样啊，但他还是重新做了一份。几分钟后，服务生又端着盘子回来说，那人还是嫌太厚。

这客人是怎么啦？乔治有点生气，但他还是耐着性子将马铃薯切成更薄的片状，之后放入油锅里炸成诱人的金黄色，捞起放入盘子后，又撒了一些盐。没过多久，服务生再次端着盘子回来了，只不过这次盘子是空的。服务生说，那位客人满意极了，与他同桌的人也都说好吃，他还要一份。

就这样，薄薄的油炸马铃薯片成了乔治的招牌菜，后来更是吸引了许多人慕名前来品尝。今天的油炸马铃薯片已经被发展成多种口味，它成了世界各地的人们都十分喜欢的休闲食品。

面对顾客的一再批评，乔治不但具有超常的耐心，而且能够从谏如流，马上改正。

梭罗说：别人的批评，不管是否过分，只要你保持一份耐心，而且能够合理地去对待，你就会有收获。能够反求诸己的林肯为推动美国社会的发展做出了巨大的贡献，受到美国人民的崇敬，在美国人的心目中，他的威望甚至超过了华盛顿；而能够从谏如流的乔治也因三炸薯片而被人们所铭记。善于接受别人的批评是成功者隐形的翅膀，林肯、乔治……许许多多的有大成就者都是因为这副隐形的翅膀而成功的。

这个道理我们似乎都懂，可每当面对批评时，只要稍不注意，我们又会本能地为自己辩护。我们不喜欢接受批评，而希望听到赞美，有时也不管这些批评和赞美是否公正。

欧文是一个推销肥皂的业务员。他刚开始为柯盖公司推销肥皂的时候，订单很少，他很担心会失去这份工作。他认为问题一定是出在自己身上，是自己的话太含糊，还是态度不够热忱？生意没有做成的时候，他就回到客户那里：“我回来，不是再向您推销肥皂，而是希望得到您的批评和建议，可不可以麻烦您告诉我，我向您推销产品的时候有什么不对的地方吗？请您给我批评，请您坦率地告诉我。”这种习惯使欧文赢得了很多朋友和很多真诚的忠告，也因为这种习惯，欧文的生意越做越大……

培根说：一个人从另一个人的诤言中得来的光明，要比他从自己的理解力、判断中得来的更为干净和纯粹。是的，当我们能够轻松地面对看似无情的责难时，我们已经具备了成功者隐形的翅膀；当我们能主动寻求别人批评的时候，就已经具备了振翅高飞的能力。

第二辑

Chapter Two

简单生活

文 / 苏洪

苦难磨炼一些人，也毁灭另一些人。

——富勒

柳宗元在他的《柳河东集》中讲过一个名叫蝜蝂的虫子的故事。

蝜蝂是一个很奇怪的虫子，它在行走的时候，总喜欢在自己的背上放一些东西。不管是有用还是没用，都一概抓取过来，然后放在自己背上。蝜蝂就这样一路行走，一路抓取，后背上的东西逐渐增多，蝜蝂痛苦地、举步维艰地向前爬行。随着背上的东西越来越多，蝜蝂终于被压趴下，再也爬不起来了。

有好心人看到蝜蝂行走困难，就怜悯地替它拿掉背上的东西，并扔在一边。人们原以为蝜蝂会感激，哪知道蝜蝂不仅不感激，反倒迅速地拿起被人们扔掉的东西，拼命地往背上放。如果说蝜蝂仅仅喜欢抓取东西倒也罢了，要命的是它还喜欢刺激，那就是喜欢向高处攀爬。可以想象，这个心高气傲的家伙的最终下场。因为背负太多的东西，又爬得太高，终于耗尽体力，一头从高处跌下，一命呜呼。

蝜蝂的故事让我想起了梭罗。1845 年春天，28 岁的梭罗带着一把斧头，来到老家康克德城的瓦尔登湖畔，建起一座木屋，在那里进行了为期 2 年的湖畔生活体验。以证明自己每年只工作 6 周，就可以换得全年的生活所需，其余的 300 多天则可以自由地阅读、思考、写作，把文明的繁琐尽数剥离瓦解。

他在《瓦尔登湖》一书中写道："我的实验显示：如果一个人信心十足地朝他的梦想走去，并且努力地照他想象中的方式过活，便能达成他的目标……他的内心和周围会建立起新的、更有普遍性、更不受限制的法则；或者旧的法则会更加开阔，使他置身于生命的更高的秩序里。他的生活越简化，宇宙的定律就变得越单纯，于是，孤独不复是孤独，贫困不复是贫困，柔弱也不复是柔弱。"

梭罗的这本书告诉我们，人的生活一旦简单化了——没有了贪欲、没有了纷纷扰扰、没有了世俗的纷争，就如同找到了一个心灵的世外桃源。这里的一切都是那么自然、和睦而简单！在这里，我们会感到宁静，感到安详和幸福。

蝜蝂因为天性，无休止地背负着有用或无用的包袱，最终从高处跌下，以致一命呜呼。

而我们人类呢？人类是万物之长，崇尚"丰富多彩的生活"，从性情上说，也许是再正常不过的。但如果像蝜蝂那样，因为生活太复杂、太久而累，或因"手太长"而锒铛入狱，就全然是罪孽深重了。

其实，上帝在赋予我们躯体的同时，作为补偿，又给予我们无限的精神。比如思想、比如智慧……我想，上帝的本意是让我们用思想来思考人生、丰富人生；用智慧来判别是非、丰富精神生活的吧。正如作家毕淑敏所说："人的躯体的每一个细微之处都是很容易满足的，你主观上想不满足。上帝都不允许，上帝以此来制约人类对物质的欲望，鼓励思维的飞翔，否则，你将为丰富的物质所困、为复杂的心境所累。"

我们的需要越少，我们就越近乎是神（苏格拉底语）。神，我们自然是无法企及的，但至少我们因此可以调整一下自己的心态。生活越简化，宇宙的定律就会变得越单纯。这样，我们便拥有了一个心灵的世外桃源，便拥有了一个自然、简单、宁静、安详的幸福生活。

其实简单生活就在我们心中。只要我们尽可能将渴求的东西减少，不为纷繁世事所扰，我们就会发现生活不是那么的累，而是那么的简单、轻松和愉快！

只是为了混个脸熟

▶ 文／苏洪

烈火试真金，逆境试强者。

——塞内加

小时候，他从没有想过要演戏。虽然他算是戏剧世家，父母都做戏剧工作，父亲一直演话剧，母亲只是后来才从演员改做了服装设计。

他是在剧院里长大的，戏没少看，但就是记不住一个剧目，就连父亲演过什么角色他都记不住。父母是个开明的人，从不给他规划将来做什么，但内心里还是不希望他走表演这一行。

可是，快到考大学的时候，他突然对父亲说："我要当演员。"父亲很惊讶，问为什么。他回答说："因为我比台上的人演得都好。"父亲以为他在开玩笑，当看到他坚定的眼神时，他才发现，儿子已经长大了，长成了一个有思想的大小伙子了。

1993 年，他如愿考上了上海戏剧学院表演系，是自费，一年要交好几千元，这无疑给家里造成了很大的经济负担。为了“学有所值”，他平时很少出去玩，上完课，除了看书就是去校外体验生活，什么角色都模仿，比如年迈的老人，比如捡垃圾的流浪汉……

大二那年，全国戏剧院校举办了一个小品大赛，他们班也准备了一个节目，他的角色是演磨刀老头，当然不是主角，因为无论是老师还是同学，都认为他很笨。但他并不在乎别人的评价，为了演好这个角色，他利用课余时间上街寻找磨刀老人，找到后，就跟着人家好长时间，直至觉得观察得差不多了才罢手。

那次，他在全校师生面前混了个脸熟——小品获得了一等奖。

毕业后，他先后参演了《将爱情进行到底》《别了，温哥华》《像雾像雨又像风》《生死线》《十二生肖》等众多影视作品。但在这些作品中，他始终充当着陈坤、陆毅他们的“绿叶”、配角，还经常演到三分之一就“死”了。这似乎与他的预期相去甚远，不过他没有灰心，也没有因此而吝啬自己的付出。

2008年，他又接到一个本子，叫《一半海水、一半火焰》。为了演好这部作品，他付出了很多，想法自然也很多，但是，结果只是入围第45届台湾金马奖最佳男主角提名。这让他很有点想不通，付出和收获怎么会不成正比呢？

2010年，他又将希望寄托在《建党伟业》上，可是这一次，他又因落马受伤被迫提前退出。他知道，那种身体的受伤是很可怕的。“它整个儿影响你的精神，让你跟自己有点儿斗气了。”

是的，已经两年过去了，他还是不敢做比较激烈的身体动作。那两年里，他也拍了一些戏，但都不是很花体力的那种。一天，他忽然感觉自己对拍戏没有兴趣了，觉得再往下走，前途只能是一片“黯然”，那自己还能干什么呢？

父亲知道他的情况后，心里很急，但又不知道该怎么劝。是的，演艺圈的事，有谁能说得清呢？想了好久，父亲只跟他说了一句话，“在影视界，你能混个脸熟就已经是很大成功了。做什么事都不要着急，要沉得住气。还有，要抛开目的。”

父亲的话不多，却让他茅塞顿开。

他就是在这个时候看到《白日焰火》那个本子的——一看到那个剧本，一个落魄的警察，就觉得有似曾相识的感觉。马上接了。

想通了，放松了，反而会收获更多。

2014 年 2 月，他终于凭借《白日焰火》获得了第 64 届柏林国际电影节最佳男演员奖，成了首位获得该奖项的华人男演员。

对，他就是廖凡，一个有点轴，又有点让人心疼的廖凡。

给我一双同情的耳朵

▶ 文 / 陈溯

人生犹如一本书，愚蠢者草草翻过，聪明人细细阅读。为何如此？因为他们只能读它一次。

——保罗

在澳大利亚弗里曼特尔小镇里，曼妮·罗兰的名字正在被小镇的居民们口口相传。清早，曼妮·罗兰来到她的工作室，一路上，人们友好地向她点头致意，并热情呼喊她的名字，罗兰的心情好得如小镇上的点点阳光。

曼妮·罗兰从小生活在弗里曼特尔小镇，她家境贫寒，父亲是小镇的一个修鞋匠，母亲是个家庭主妇，照顾着一家老小的生活。罗兰的身材长得特别矮小，她一年四季总是穿着母亲去裁缝店讨要来的碎布制成的粗布衣裳。她从不因为家境的贫寒而感到羞耻，她相信贫穷的人也可以生活得很快乐。但唯一让罗兰感到苦恼的是，小镇上的小伙伴们经常会大声嘲笑她身上穿着的那些用好多种碎布拼起来的“稀奇古怪”的衣服。

“哦，罗兰，你的衣服是用码头上的破麻布缝制的吗？”“罗兰，你的衣服和你的身材看起来是多么滑稽可笑啊！”孩子们总是这样嘲笑她，那些有钱人家的孩子除了欺负她，没有人愿意和她玩。

“妈妈，为什么伙伴们都嫌弃我？”罗兰伤心极了。“孩子，只要你保持着单纯的心、温暖的心，积极向上，总有一天，伙伴们以及小镇上的人们都会喜欢你的。”母亲拉着她的手安慰她，罗兰似懂非懂地点了点头，她相信会有这么一天的。

读初中时，罗兰在学校上美术课，美术老师罗昂先生给孩子欣赏一幅米勒的油画《拾穗者》。画面上，三个农妇正低头弯腰在麦子已经收割过的田野上捡拾遗落的麦穗。孩子们都感觉到，画面里的人物虽然贫苦、艰辛，却给人一种温暖真切的感觉。

罗昂先生问班上的孩子们说：“有谁能说说对这幅画的感想？”罗兰说：“这幅画的农妇们虽然辛苦地劳动着，可是，画面上有一缕阳光洒落在农妇弯曲的脊背和有力的手臂上，因为有了阳光，劳动中的人们就给人温暖纯朴的感受。”罗兰的话音刚落，班上响起了热烈的掌声，就连罗兰本人也为自己的这番话而感到全身充满了力量。她相信，在以后的日子，不论生活中有怎样的黑暗，自己都将迎着阳光前行。

高中毕业后，罗兰在小镇上找到一份在景区做客服的工作，家里的生活有了好转。可是，罗兰的心里总觉得像缺少了什么。有一天，一向被家人朋友认为没有艺术细胞的她忽然拿起了画笔，她临摹了罗勒以及很多著名的画家的作品，都栩栩如生。

可是，罗兰却被一个问题困扰着，她的画全都是临摹一些著名的画家，她想要画出与众不同的画，却总是画得很不如意。她不知道问题究竟出在哪儿，于是苦恼地来到了罗昂老师的家中。罗昂老师对罗兰说：“假如你要画得和别人不一样，你就得张开同情的耳朵，把嘴巴闭上。然后打开你的听觉，认真倾听别人的故事，反复去思考，反复去画，这样一定可以画出优秀的作品。”

听了老师的话，罗兰恍然大悟。

多年以后，罗兰成了小镇上著名的自由画家，她的画有阳光的味道，给人以积极的人生导向。虽然，她的画笔下也有灰暗，但是因为有阳光的对比，从而使整个画面显得特别美丽！

小镇的人们惊奇于她从一个景区客服到优秀画家的蜕变，有人问她怎么看待自己的成功。罗兰说：我靠的只是单纯和温暖的内心，以及一双同情的耳朵。

刘醒龙：冰凌花的零度绽放

▶ 文 / 麦淇淋

不幸可能成为通向幸福的桥梁。

——日本谚语

他穿行于田野上自由延伸的小路，茂密的芭茅草长在路的两边，枯黄的叶子在茎干上偶尔留一点苍翠。他如少年时那般坐在山坡上望着远山和田野，双眼一寸一寸丈量着家乡的景色。

在他的记忆里自己是没有真正意义的家乡的，他无法像大多数人那样，有一座老屋可以寄放，有一棵同年同月同日生长的树木作为标志。刚满一岁，他的父亲就请了两个挑夫，一位挑着他和姐姐，一位挑着全家的行李，一步一步走进大别山腹地，在一处名叫石头嘴的小镇上停留下来。

读高中的时候，他曾因不按语文老师的要求，将一篇记叙文写成小说而轰动全校。高中毕业后他呆在家里，父亲便让他去水库管理处做临时工。三个月后他又被派到冲水库当施工员，由于他有文字功底，常常被借用到厂部写各种各样的文章。一次偶然的机会，他和一位痴迷电影剧本创作的高中校友一道去了县文化馆，并认识了个人创作正处于大喷发前夜的姜天民，受到姜天民的鼓舞，他开始了真正的小说创作。

他把满腔热情投入在小说创作的喜悦中，工友们在下班后邀他出去玩乐都被他婉言拒绝，他一个人待在宿舍里构思写作。可是，当寄出去的手稿被退回到收发室时，二百来号人的小厂里很快就人人皆知，工友们在背后指指点点，有的还当面嘲笑他是个没用的“坐家”，这让他的内心饱受煎熬。

冬天快要过去，在向阳的山坡上，残雪残冰和初融的水混合在一起，一簇冰凌花在零度的困囿中笑傲。那簇金黄色的花朵，如一团火焰点燃了漫山的冰雪，柔弱的灿烂唤醒了他被冰封的心情。冰凌花在零度的冰霜里把自己冻结出一张灿烂的笑脸，等到冰雪消融时，它便会如早春的花朵一样绽放无限的生机。

他明白了过早发表作品也许并不是一件好事，只有静下心来不断摸索、前进，才能不断自我提升达到一定的水准。自此，他开始潜心写作，与孤独作伴，只为创作不问结果。直到有一天，他收到一个编辑的来信，才知道他的小说《黑蝴蝶·黑蝴碟》已经被发表出来，他的文学才华开始受到文化馆的重视，不久后，他被正式调入县文化馆工作。

进入文化馆的他并没有急于求成，而是按照既定的方向，扎扎实实地创作有着系统构思的系列小说《大别山之迷》，并以《凤凰琴》一举成名。在文化馆工作两年后，他被调任做县文学艺术创作室主任。

当他正值创作高峰时他却突然停止了曾给他带来巨大荣誉的中篇小说创作，此后整整六年，他仿佛从文坛中消失一样，杂志上看不到他的作品，传媒上也不见他的消息。2001 年全省作家代表大会上他被选为湖北省作家协会副主席，可一些重要的文学活动仍然见不到他的身影，没有人知道他干什么去了。直到 2005 年 5 月，他闭关六年潜心创作的百万长篇小说《圣天门口》出版后，人们才在惊叹中明白了他过人的毅力。

当采访的记者问他在这个文学创作大跃进的时代，为何他可以甘于寂寞，用几年的时间磨一部长篇小说时，他淡淡一笑：每一次新的写作都应该是对自己写作才华的极限、对自己生命极限的挑战。当我们努力尝试走向伟大，才能让自己的心胸更开阔，思想更深邃。正是因为心系对文学的历史使命，2011 年，他的长篇小说《天行者》获得了茅盾文学奖，他的文学道路走向了辉煌。

是的，他就是湖北著名作家刘醒龙。他的人生有过风雨有过泥泞，在经历人生低谷时，他总是执着、谦逊地携一蓑风雨行走于他的艺术世界中，淡定，从容地等待冰凌花的零度绽放。

从送货员到全球巨富

▶ 文 / 陈溯

幸运并非没有恐惧和烦恼；厄运也决非没有安慰和希望。

——培根

阿曼西奥·欧特嘉出生于西班牙一个贫苦的家庭里，他的父亲是个铁路工人，母亲是个普通的家庭主妇。在他 14 岁那年，为了帮家里维持生计，他放弃学业到拉克鲁尼亚市的一家服装厂里当送货员。

阿曼西奥的大部分时间一般都在仓库和送货的路上，有一次，他因为有事情进入了车间，当时只有 14 岁的阿曼西奥顿时惊呆了。他从未见过这样大规模的服装制造厂，每一件服装从染色、剪裁到缝合工序都十分精密。看着一块块零碎的部件拼装成一件件的成品服装，一种前所未有的力量震撼着阿曼西奥，他在心里做出了一个决定，就跑到老板的面前说："老板，在不送货的时候我想进入车间里打杂，当然，您不必另外付我工资。"

老板一听有利可图，立刻答应了。从此，阿曼西奥一边拉车送货，一边利用空闲时间进入车间打杂。工友们看到阿曼西奥居然愿意无偿地为老板多干活，都笑他是个傻子，没事儿坐着喝喝茶看看报就行了，何必要自找苦吃？

阿曼西奥却有自己的想法：周而复始地送货始终不会有什么出头之日，而进入车间打杂，却可以学到更多的知识与手艺！就这样，白天，阿曼西奥在暗中学习，晚上，他就在家里画服装版式，研究服装设计和生产流程……

正因为阿曼西奥的勤奋努力，两年后，知人善用的老板请他进入车间，让他成为了一名真正的车间工人，一做就是五年。而也就是这五年的经历，更加拓宽了他的学习领域，阿曼西奥掌握了时装从设计、加工到批发、零售的全套经营流程，并且很快开始真正展现出在服装方面的才华，成为了老板的得力助手。

27 岁时，阿曼西奥创办了自己的制衣厂，因为他的专业素养和勤恳经营，在此后的几十年里，他通过自己的努力，让自己的品牌遍布了全世界的各大城市。他创办的品牌，就是如今全球排名第三、西班牙排名第一的服装品牌——“Zara”！

在最近公布的全球首富排行榜中，阿曼西奥以 240 亿美元的净资产位列第八。一个普通的送货员，就这样完美升华成了令世界瞩目的全球巨富。

对于自己的成功，阿曼西奥曾经这样和别人分享心得：“当你在一个平凡的工作岗位时，眼光要触及远方。只要心存一种‘有空就多做一点’的信念，你就会在前进的道路上，不断为自己增值，从而实现梦想！”

阿来：生命静止的光芒

▶ 文 / 麦淇淋

苦难有如乌云，远远望去但见墨黑一片，然而身临其下时不过是灰色而已。

——里希特

读完小学后，他想继续读初中。当他把这个想法告诉父亲的时候，父亲却希望他可以留在家里帮忙放放牛，因为家里实在负担不起那么多孩子的学费了。让母亲担忧的是，离家里最近的学校也有50公里路，这么小的年纪每天来回走这么远的路怎么吃得消？他却望着母亲眼神坚定地说："我不怕，只要可以继续读书就值得！"

恢复高考后，他上了本州一所师范学院开始了正规的汉语学习，两年后，他被分配到一个比自己村庄还要偏僻的山寨，成为了一个乡村教师。

他开始进行了大量的阅读，他先是读海明威的，接下来读福克纳、菲茨杰拉德、惠特曼、聂鲁达……在一次同学聚会上，大家拿出了自己所作的诗兴致勃勃谈论创作的背景，他只是清淡如常地听着。这次的聚会让他觉得创作是件非常有意思的事，回到宿舍，他写出了人生中的第一首诗——《母亲，闪光的雕像》。

他的老师建议他把这首诗投出去，不久《母亲，闪光的雕像》就在《西藏文学》发表了，这为他的诗歌创作打了一剂强心针，他从此开始了诗歌创作。因为文学上的成就，他调入到了阿坝州文化局《新草地》做了编辑，也就在这时，他开始滋生了写作的“野心”，他把自己的写作形式从诗歌转向了小说。当他的中篇、短篇小说顺利地在《四川文学》发表，并且出了第一本小说集《旧年的血迹》后，他成了别人的榜样。无疑他的一步步走来在很多人眼中都是成功的。

然而，正当他有如一颗冉冉升起的“新星”一样闪闪发光时，他却迎来了写作的“低谷”期。他的内心陷入了茫然和怀疑中，他一次次问自己写作的初衷是什么？一连串的问号在他的脑海里跳动着。直到有一天，他翻看着陶渊明的《止酒》：“坐止高荫下，步止荜门里；好味止园葵，大懽止稚子；平生不止酒，止酒情无喜。”合上诗集，他像是想明白了些什么。

他怀着满腔激情走出家门，翻越雪山、漫游若尔盖大草原。他有时风餐露宿，有时与藏民们坐在草地上看疾走的云，喝酒吃牦牛肉，感受自然馈赠给他的一切。很多人都对他在写作巅峰时突然停下来做这些没用的事感到费解，他却云淡风轻地说，即使有远大雄心的人也仍需停下脚步，安静欣赏自然赐予的美好，所谓心有猛虎，细嗅蔷薇。

两个月后他结束了行走，望着窗外不远处山坡上一片嫩绿的白桦林，他又开始写小说了，长篇小说《尘埃落定》就从指尖上自然地流淌在电脑屏幕上。

是的，他就是凭借长篇小说《尘埃落定》荣获第五届茅盾文学奖而声名大噪的藏族作家阿来。他从来没有单纯去追求什么，从写诗到短篇、中篇、长篇小说的创作，他一直以淡泊的心态在写作。当他头上顶着成功的光环时，他仍然让自己停下来与时光静处，让朴实的生命散发出静止的光芒。

曹格：人生是一条弯弯的小巷

文/麦淇淋

不应当急于求成，应当去熟悉自己的研究对象，锲而不舍，时间会成全一切。凡事开始最难，然而更难的是何以善终。

——莎士比亚

自小他的父母离异，他和爷爷相依为命。读小学的时候，每到中午休息时间，当同学们从抽屉里拿出从家里带来的漂亮的便当，他便羡慕不已。班级几个要好的同学互相交换着各自带来的饭菜时，他都会带着爷爷给自己准备的饭盒到教室外的石凳上去吃。饭盒里只有简单的菜色，那是爷爷每天去海边帮别人打零工，省吃俭用省下来的。

最令他开心的是爷爷接他放学的时光，一路上爷爷的一双大手牵着他走过通往家里的那条弯弯曲曲的小巷，他快乐地一路唱着歌。有时，爷爷会像变魔术一样变出一个他喜欢吃的豆沙包来，后来他知道那是爷爷用积攒了好几个月才攒到的一点面粉做给自己吃的让他解馋。多年以后，他始终清楚地记得童年那条弯弯的小巷。

年华如风，转眼他已经大学毕业，他想出去闯一闯，却担心爷爷一个人在家没人照顾。爷爷说，傻孩子，我的身体好得很，你应该勇敢地出去闯一闯，看一看外面的世界。离开家的那天，爷爷为他做了五个豆沙包放在饭盒里让他带在路上吃。他泪眼婆娑，心里发誓，一定要闯出名堂让爷爷过上好日子。

他带着自己写的80多首歌出发了，准备到台湾发展，他甚至有一种错觉，只要站到了舞台上自己就是一个头顶光环的巨星，他以为这些都是顺其自然的事。当他意气风发地拿着他的作品送到一个很有名气的制作人的桌上时，却遭到了无情的批评："这些歌太难听了，这样的歌没有任何市场。"

从小到大他参加过无数次歌唱比赛，在音乐路上一路走来，他没有遭到过如此的否定，在人生地不熟的他乡，他感到了苦闷和无助。然而，他并没有灰心，他收拾了心情，继续带着他的歌去找下一个音乐制作人，当他小心翼翼放下他的作品，对方抬起那双冷漠的眼睛看都没看就说，你长得这么丑，就算歌曲写得再好也成不了歌手。

他的自尊心再一次被残酷地伤害了，他不知道是如何回到家里的，他坐在房间里发呆，开始借酒浇愁，睡醒了再喝再睡，旁人见他如此颓废都劝他不如回到家乡去。他想起爷爷慈爱的脸庞，爷爷曾经告诉他，生活是一场接力赛，当困难来临时要全力以赴去拼搏，这样才能找到属于自己的心门。

回想着爷爷的这句话如醍醐灌顶，他打了一个哆嗦振作了起来。他沉下心来开始创作，写出了让王心凌演唱的《睫毛弯弯》。他靠这首歌获得了巨大的收益，让亚太的歌手记住了他，纷纷让他为自己写歌。至此，他成功地从一个被人四处嘲笑的音乐爱好者逆袭成为一个知名的创作歌手。他在宣传自己的新专辑时说："人的成长，就像一棵树，只要有阳光有雨露，即便是在坚硬的岩石上，也要把根深深扎进岩石的缝隙里，努力向上生长。"

他就是马来西亚华语流行创作歌手曹格。2014 年 1 月 3 日《我是歌手》第二季开播了，曹格以一曲《背叛》征服了现场所有的观众，这也是曹格写给爷爷的一首歌。早在《我是歌手》第一季时，导演组曾经邀请曹格去参赛，当时他坦言最怕歌唱比赛，便拒绝了参赛。《我是歌手》第二季的时候导演再次找到曹格，经过一年的沉淀，他横下心要克服困难和恐惧，便站到了《我是歌手》第二季的舞台。

曾经经历生活中的种种不如意的曹格，终于靠自己的努力一步一步走上"巨星"的舞台，他每克服一次困难，便多一次擦亮头顶上的光环，让它照耀着前面的道路。

世界是广袤的，人生的路是弯曲的，路上的风景不断变化。当失败与困难与我们相伴左右时，只要我们目光坚定、不懈拼搏，必然会在人生这条弯曲的小巷里走出绚烂的道路。

樊若水：竹子不会自己变成竹筏

▶ 文 / 陈瑚

> 富贵不淫贫贱乐，男儿到此是豪雄。
>
> ——程颢

樊若水是五代时南唐一个县令家的儿子，自幼聪明好学，能思会算，深得长辈们的喜欢。长大后，樊若水慢慢有了自己的梦想，期待有朝一日为国家建功立业，光耀门楣。

可是，当时南唐的国君李煜无心治理朝政，致使南唐朝廷风雨飘摇。樊若水满怀热情投入科举考试，却一次次遭受屡试屡败的打击，樊若水投效无望，一时灰心丧气。

秋日的早晨，樊若水望着后园一池枯荷，池花对影落，越看越愁。他推开院门，走了出去，这一走，便走到了位于牛渚山的广济教寺。不远处的江上，一个戴斗笠的僧人正划竹筏前行，忽然一片花瓣悄声落下，又缓缓徐徐在江水上飘荡。樊若水叹了一声，见那僧人将竹筏靠在岸边，摘下斗笠。

僧人问樊若水为何叹气，樊若水说道，只因满心抱负无处施展，自觉辜负了这红尘美景。那僧人微微一笑，指着停在一旁的竹筏问道：你知道这筏子是用什么捆的？樊若水一看，真逗，这竹筏不用竹子还能用什么捆的？僧人笑道，你只知道竹筏是用竹子捆的，那也要经过好多程序，竹子自己是不会变成竹筏的。

樊若水心里一惊，他知道要加工好一个竹筏，首先要挑选上好的竹子，用刀削去竹子表皮，将粗的一端放在火上烤软，按一定尺寸将竹子弄成弧形，做成筏头。还要涂上防腐汁液，干燥后再涂上桐油，搭好支架，需要一人在上另一人在下用藤条绑紧扎牢，方可做成上乘的竹筏。而竹筏的整个制作过程，可以说是倾注了制筏工的努力和心血，并不是竹子凭空就能变成竹筏的。

樊若水若有所悟。恰在此时，他得知，在北方强势崛起的大宋已经对南唐虎视眈眈，正急缺军事人才。樊若水琢磨了好多天，眼前时隐时现那日在广济教寺见到的僧人与竹筏，忽觉灵光一闪，大宋先后灭掉南方诸国，兵力是益发强大，之所以长期打不下南唐，绝不是缺少军事人才，而是少了一座桥！

这时，樊若水就动起了脑筋，他决定要弃暗投明，发挥自己的才能，干一件大事——为大宋在广阔的江面建一架浮桥。

为了做好这件事，樊若水去广济教寺剃度做了和尚。当然，和尚的身份对他仅仅是一种掩护，他的目的是收集和考察采石江面的水文资料。平日，他仍然是敲敲木鱼念念经，可只要逮到机会，他就来到牛渚矶边察看地形，在图纸上标上记号。他常常在傍晚以垂钓为名，牵着一条长长的丝绳，划着竹筏到西岸，回到寺院后，再根据丝绳的长度计算长江宽度。

经过几个月的勘察，樊若水已经对长江的数据了然于心，他随即脱了僧袍，换装易容渡过长江，一口气跑到大宋都城开封，直接给赵匡胤送了一封求职信，并呈上他亲手绘制的《横江图说》。赵匡胤慢慢打开眼前的这卷《横江图说》，一时大为惊叹：图纸上不仅有详细施工规划与精妙的设计，就连采石江面的水文深浅，都有极其细致的标注。

在樊若水的精心策划下，赵匡胤命人打造了上千艘巨舟，砍伐了大批巨竹，在石牌口架设浮桥。开宝八年十一月，一座按樊若水勘测的长江文流速度的大桥，被整体平移到采石水域，凭空降临在金陵城前。士气饱满的宋军志气昂扬踏桥而来，一举攻破南唐防线。

樊若水设计的这座浮桥，不仅加速了大宋统一南北的时间，也改变了樊若水的灰暗人生。打了胜仗的宋太祖特许樊若水参加进士考试，之后官至舒州军事推官，到任不久，又升为太子右赞善大夫。短短数月，樊若水就成为大宋王朝炙手可热的新星。

有人说，樊若水从一介无名书生到达人生颠峰，是因为有好的运气，遇到一个知人善用的好君主。这话也许有一定的道理，但很多时候，我们必须明白，竹子不会自己变成竹筏。在人生前行途中，唯有认准自己的才能，并且付出艰辛的努力，最终，才能做到毫不费力，一鸣惊人。

尊重每一个卑微的生命

文 / 筱梅

一个人的态度，决定他的高度。

——佚名

杰克是个工作勤奋的小伙子，他在曼哈顿地铁站工作已经有五个年头了。曼哈顿地铁站是地铁系统里最优秀的站台，在老站长的带领下已经连续好几年被评为 A 等级站台。

下个月老站长即将退休，站长的职位将由站内人员竞聘上岗。每个和杰克一样有同等资历竞聘站长职务的同事个个都摩拳擦掌，而经过初赛的面试和笔试后，最终，只剩下杰克和约翰两人进入最后一轮的决赛，考核期限为一个月。决赛考核的项目是应聘者的业务水平和应变能力，而能不能得到 A 等级的优评将会做为考核人选的参考。届时，将通过两人的工作表现进行评分，最终选择一个合适的站长人选。

这天，地铁站迎来了最后一轮的乘坐高峰。长时间的等待令一些乘客焦躁起来，有的乘客来到服务台询问列车是否准点，杰克很耐心地告诉乘客，列车一定会准点到达。这时，一个卷发小女孩的笑声吸引了候车室的人们，小女孩正在和一只小猫咪嬉戏。她时而蹲下身来抚摸着小猫，时而发出“咯咯”的笑声，小猫咪开心地追逐着小女孩跳来跳去，人们焦躁的情绪被候车室里欢乐的气氛冲淡了。

这时，广播里女乘务员的声音响了起来，列车就要进站了，女孩的祖母叮嘱小女孩准备上车。女孩这才和猫咪亲吻道别，依依不舍地走入车厢。小猫咪突然没有了玩伴，它焦急地“喵喵”直叫，并且用飞快的速度往地铁轨道上跑去。

车上的乘客骚动了起来，如果小猫钻到铁轨下，小猫就会丧命。杰克急忙果断地切断地铁的电力，可是这时小猫已消失了踪影。杰克找来约翰商量是否应该先找到小猫，确保小猫的安全后再发车？约翰听了惊呼：“我真不敢相信，你准备为了一只不知藏在哪里的小猫而让列车误点？现在可是我们能否留住这面流动红旗的关键时刻。”约翰极力反对着，他一心一意想要保证地铁准确无误的发车时间。

为了争取时间，杰克不容分说地下了决定：每一条生命都值得尊重，无论如何都应该先找到小猫，误点就误点！杰克找来了两名铁路工人，并和他们带着猫笼子走下铁轨分头寻找小猫。车上的乘客有的抱怨着，有的焦急地问还要多久才能发车？时间一分一秒过去了，经过了两个小时，铁路工人终于找到了那只小猫，当他们把小猫带回了地铁服务台后，地铁终于顺利发车，列车上的人们也松了一口气。

一个月的竞聘期马上就到了，很多同事都责怪因为杰克的一意孤行延误发车而让他们的站台不能得到 A 等级的优评，有的人甚至还猜测这次上任站长职位的一定是约翰。竞聘的结果出来了，最适合的站长人选竟然是杰克，这让约翰百思不得其解，自己的业务水平远远超过了杰克，并且这次错失了 A 等级优评的责任在杰克身上，为什么自己却不是最适合的人选呢？老站长语重心长地说，保证列车的准点固然重要，但是对每一个生命都心怀慈悲心却为杰克加了分，他才是最适合的站长人选。

杰克没有以得失心来权衡工作的态度，而是用爱心去对待每一个卑微的生命，虽然因此他与优评失之交臂，但这却让他因救助一个生命而快乐和心安，与此同时，生命也会回报给他意想不到的收获。

让生命成为一道美丽的弧线

▶ 文 / 筱梅

过去属于死神，未来属于你自己。

——雪莱

2015 年 1 月 13 日，在武汉公园的梅树下，一株清冷的梅花绽开淡淡幽香，镜头前的她，脸上绽开成一朵花，像梅一样清澈，洁净。

写真馆的摄影师助手时而整理她身上的服装，时而调整光线，而摄影师则微笑着和她说着话。来往的人们诧异地望着眼前的情景，她报以人们灿烂的笑脸，仿佛忘了自己正因为重病在身而剃了光头，此时她感到一种重生的力量在迸发。

她的名字叫安丽霞，是武汉一家企业一个普通的财务工作人员，财务的收入不高，她白天上班，晚上在一家健身房做一名兼职教练，独自拉扯儿子洋洋长大。尽管工作非常劳累，但是辅导儿子的学习，陪伴儿子成长，是她生命中最重要的事情。在安丽霞的心中，给儿子做喜欢吃的食物，与儿子一起骑自行车、打篮球、学习的时光是那么快乐、充实、温暖。每天晚上，儿子都会缠着她讲一段睡前故事，对于安丽霞而言，这是最温柔的时光。

这天，她刚刚给儿子讲完故事，儿子突然问她："妈妈，你会一辈子都给洋洋讲故事吗？"她笑了："只怕等洋洋长大了，就再也不喜欢听妈妈讲故事了。"儿子大声争辩："不会的，我一辈子都要听妈妈讲故事。"那天晚上，她觉得生活是多么美好，而这样温暖的时光会天长地久。

然而世事总是难料，2014 年 3 月 21 日，她被医生确诊为患了弥漫大 B 细胞淋巴瘤，那一刻，世界仿佛停止了转动。她不能相信，美好的时光正在慢慢停止，而生活就像是一只充满气的气球，"噗"的一声爆开了，剩下的只是色彩斑斓的碎片。

她像一朵颓败的花朵，感到从未有过的无助、彷徨和恐惧。医生的话一声声扎得她的心生疼，生命只剩下短短几个月的时间，自己美丽的生命将会一天天枯萎，这一切让她猝不及防。她走进街心公园，望见一缕阳光照在一棵梅树的枯枝上，如果不是枝上绽着一朵含苞的梅花，她几乎就断定这是一棵枯败的梅树。这一刻，仿佛是那缕阳光，也仿佛是那朵含苞的梅花给了她生命的力量。

难道就这样屈服于病魔吗？不，我要抗争，我要激活自己，重见阳光，她听从医生的意见来到医院接受治疗。为了保护上肢静脉，在第一次接受化疗时，医生在安丽霞的右上臂放置了一根 PICC 置管，这根长 41 厘米、粗 1 毫米的管子，穿过上臂静脉直通到胸前。化疗的药物，要通过这个管子输入到心脏大静脉附近。病室的病友都友善地告诉安丽霞要有心理准备，因为做这种治疗的病人都难逃恶心呕吐症状，但这些她都忍受了下来。

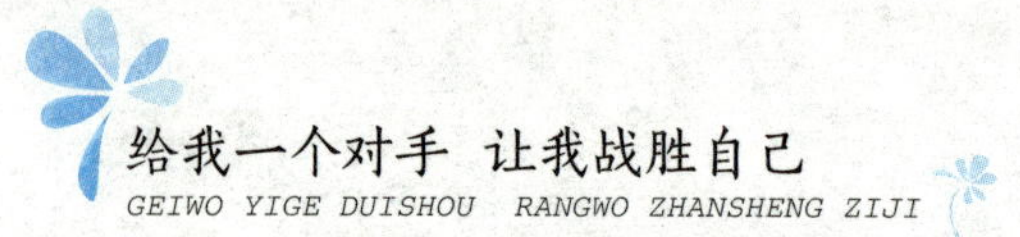

这天，儿子洋洋给母亲煮了粥带到医院时，医生正在给安丽霞配对药水，洋洋站在一旁默默捡起母亲脱落在地的一缕头发，泪水在他的眼珠里打转，他悲伤地问医生：“这些药水真的能治好妈妈的病吗？”。医生愣了一下，迟疑地说了一句：“会的，会好起来的。”安丽霞不禁悲伤了起来。

傍晚时分，安丽霞做完化疗回到病房，病友们正在看电视直播的棒球比赛，电视上运动员挥动着手中的运动棒，抡出了一道美丽的弧线。儿子洋洋正认真地看着比赛，每当运动员一次，二次，三次抡动运动棒，一道闪光的痕迹就在运动员的手中划出美丽的弧线，这时，儿子的脸上都会露出开心的笑容。

安丽霞望着儿子看比赛时的神情，那一瞬间，运动员的不气馁带给她一种珍惜生命的力量，这种力量是一种积极乐观的豁达。是的，即使头发全部掉光，我也要美丽地活着。她下定决心，为了儿子自己要振作起来，并且将这种生命的力量传递给自己的儿子。

她来到了理发店，告诉理发师自己要剃光头的决心，剃了光头的她乐观地和理发师自嘲自己看起来就像个尼姑。2015 年 1 月 13 日，她走进了武汉一家影楼拍了一套光头写真。她用积极的行动告诉儿子，倘有温暖阳光植于内心，即使处于黑暗之中，生命也能绽放光芒。

是的，在如水流年里，不管生活带给我们怎样的凄风苦雨，不管生活如何不尽人意，只要内心住着一缕阳光，即使遭遇生命的磨难与苦痛，心里的那缕阳光也会穿透生命的裂缝，成全自己，实现生命的极致与跨越，让生命成为一道美丽的弧线。

踮起脚尖，绽放生命的芳香

文 / 筱梅

不要慨叹生活的痛苦，慨叹是弱者。

——高尔基

家住美国爱达荷小镇的小女孩玛丽莲，从小就梦想成为一名优秀的摄影师，走遍世界各地，拍最美丽的风景。但这个梦想在玛丽莲 14 岁那年就破灭了。

14 岁那年的暑假，玛丽莲的父母带她乘坐地铁回家乡看望外婆的途中，突然听到一声爆炸声，整节车厢被炸毁了，玛丽莲只觉眼前一黑便昏死了过去。

待玛丽莲醒来后，顿时被镜前的自己吓得失声大哭。镜中的她已不再是以前漂亮动人的模样，而是一张脸颊凹陷、皮肤焦黑的面容，更糟糕的是，医生通知玛丽莲的父母，她的左眼已经逃不脱失明的命运。

玛丽莲痛苦得不知所措，肉体的疼痛也掩盖不了内心的彷徨，她再也没有同学，没有朋友，也没有梦想了，她只有孤单地把自己放在时间之外，与黑暗作伴。她不敢出门，不敢照镜子，不敢面对丑陋的自己。玛丽莲的母亲不知道该如何安慰她，只是抱着她说：“亲爱的，有妈妈在，不要怕。”玛丽莲看见母亲眼里的悲伤，只能勉强挤出一点笑容，安慰妈妈：“我会没事的。”

可是，她的眼睛渐渐看不清楚东西了，如今，她不仅是小镇上最丑的姑娘，并且，是独眼的丑姑娘。冬日的寒风萧瑟，玛丽莲坐在院中的台阶上，悲伤不已。

一只黑斑花纹的小猫弯着身子走到院中，小猫朝玛丽莲“喵”一声，坐到台阶上，一点一点将她挤到一边。玛丽莲抬眼瞧那小猫，惊讶地发现眼前这只小猫一只眼睛圆溜溜的，而另一只眼睛却紧紧闭着，她这才意识到，这是一只独眼小猫。

玛丽莲怜悯地抱住小猫，那小猫却“扑”地跳下地，逗起在花间飞舞的蝴蝶，很是天真可爱，它眼上的残疾，丝毫不影响它内心的欢喜。仿佛得到了指引，玛丽莲慢慢放下心中的失意和彷徨，重拾起童年的梦想。

她先是拿着父亲给她的相机拍拍自家的风景，屋檐、房梁、小院、案桌上的花朵。渐渐的，她走出门去拍摄小镇的街道、楼房、河流。只是玛丽莲没有想到，小镇上有些调皮的顽童仍然嘲笑她：“你这么丑，怎么可能拍出美丽的照片？别做梦了！”

玛丽莲简直就要崩溃了，她花了几年的时光，才渐渐从阴影里走了出来，她原以为，只要她对世界温柔以待，世界必定会还她以温暖。可如今，她仍然感受到世界的冰冷。玛丽莲发疯地冲回家去，雨下了起来，雨点无情地打在屋檐上，一滴一滴往下掉。

玛丽莲跑到屋檐下躲雨，忽见一处废墟里，长着一簇白色的小花。这簇花被雨水打湿了，花朵渐渐从乳白色变成澄澈的透明。玛丽莲这才想起这种白色小花叫水晶花，每当下雨时，小花的花瓣同雨水一接触，就会变得透明。原来，即便是美丽的花朵，也需要经过风雨的磨砺，才能绽放出生命澄净的光芒。

废墟里的水晶花点燃了玛丽莲心中的热火，她决定去实现童年的梦想，她不再害怕，不再躲藏。玛丽莲背着简单的背包、带着相机出发了。她走遍世界各地，用相机记录了大自然的美景，完成了成为一个优秀摄影师的梦想。

人们惊讶着玛丽莲的心灵蜕变，当有人问她是什么支撑起她的勇气时，她的脸上绽放着自信的微笑，说道："是梦想！"

的确，只要梦想在，生命的勇气就在。只是，当黑暗来临时，别忘了做自己的一束光，慢慢沉淀，慢慢修行，人生美丽的花儿，就会在你踮起脚尖的那一瞬间，绽放出生命的芳香。

雪地里踩出来的艺术品

▶ 文 / 陈诺

那脑袋里的智慧，就像打火石里的火花一样，不去打它是不肯出来的。

——莎士比亚

寒冬，雪花飘零。

一个留着络缌胡子的中年男人，身穿枣色外衣，头戴一顶深蓝圆帽，在茫茫白雪中行走。他正用双脚，在雪地里踩出一幅堪比纳斯卡巨画的“雪画”，这幅画占地约 4 万平方米，如此宏大和精妙，让人瞠目结舌。

他的名字叫西蒙·贝克，从小生活在西伯利亚的一个普通家庭里。穷人家的孩子自小就分外懂事，每回看见邻居家的小孩子有新玩具玩，他只是默默眼馋，从来不跟父母吵闹去要。在他六岁那年，他的母亲给了他一套旧积木作为生日礼物，从此为他打开了一个精彩缤纷的世界。

读大学时，西蒙·贝克爱上了各种三角形图案，他便时常在纸上画一个实心，沿三边中点连线，画着一个又一个的三角图形。他并不知道自己画这些图形有什么意义，他只是不停地画，到大学毕业那年，他已经画了满满两箱纸的三角图形。

大学毕业后就面临着找工作糊口，西蒙要担起一个家庭的责任。在学校导师的推荐下，他去了一家贩卖罗盘的企业当销售。他真诚地对待着这份来之不易的工作，他在心里发誓要把工作做到最好，好好赚钱养家，让父母放心。

几年下来，通过自己的努力他成为了总公司的分区主管。闲时，他仍然喜欢画一些三角图形，他把画下来的图形裱在镜框挂起来，俨然是一幅精美的艺术品。久而久之，总有些朋友会向他讨要作品。

这一年，他生了一场大病进了医院。多年来在生活与工作中奔波，他感悟着时光飞逝，而自己仍然一事无成。工作的成就给不了他心灵的滋养，他的内心有一种渴望，觉得自己应该停慢人生的脚步，去做点让自己开心的事。

母亲到医院来看护他，唠叨着家长里短。问他要不要喝水，他说嘴里淡淡的，不想喝。母亲说："我知道你嘴里没有味道，看，我给你带了白砂糖过来。"

母亲从手袋里拿出一罐白砂糖，准备给他冲一杯糖水，手上一抖，白砂糖被撒了一些在地板上。母亲转身去找抹布清洁，忽然，他看见有一只蚂蚁在白砂糖上努力爬行着，过了一会儿，白砂糖被蚂蚁的脚印分隔成楚河汉界，变成一幅纹路分明的图案来。他惊讶地望着小蚂蚁，内心有一阵狂喜，感到这只小蚂蚁在冥冥中给了他希望。

几日后，他从医院走向回家的途中，天空飘着雪花，雪一片一片覆盖上房屋和树木，空气里有冰凉的气息。他走在雪地里突发奇想，何不在雪地里用脚踩出星星图案？于是，他说做就做，并且越踩越多，越踩越壮观。行人们纷纷驻足观望，有的人甚至爬到屋顶观看他用双脚踩出来的艺术品，有的人干脆把他踩出来的画作拍下放到网上，吸引了更多人前来看他作画。有了大家的认同和鼓励，他更加放开手脚坚持去做这件事，而这一坚持就是十年。

如今，他用双脚踩出的艺术品已经超过 200 幅，平均每幅画都要花 5 ~ 10 个小时完成，长的甚至需要整整一天。他被人们称为世界上第一个“雪艺家”，有一家出版商还找到了他，想给他做一本雪艺的图书，网友们也纷纷向他请教。

有人不禁好奇地问西蒙，为何要在雪地里画画？那得消耗多少精力和体力？而大雪终会消融，可能刚刚完成了两个小时的画，却会因为一场强降雪而令一切化为乌有，这难道不是白费劲吗？

西蒙·贝克脸上绽开了笑容，难道我们会因为冬天的降临，就否定一颗开花的树曾经默默生长吗？在雪地里作画，正是为了提醒自己，时光短暂，只要认定了自己想做的事，就遵从自己的内心去做。珍惜当下，心怀诗意与美好，在浅浅碎碎的日子里，成为更好的自己。如此，即便在寒冬也会开出艳丽的花儿来。

这一生，我曾为梦而活

文 / 陈诺

深窥自己的心，而后发觉一切的奇迹在你自己。

——培根

在美国佛罗里达州新士麦那海域的一艘皮划艇上，一个留着络腮胡子、脸色红润的银发老人，正双臂有力地向上高举着。夕照的金粉落在他古铜色的皮肤上，笑意在他沟壑纵横的脸上开了花，他的名字叫亚历山大·多巴。

亚历山大·多巴从小出生在波兰一个普通的家庭里，从旅游学校毕业后他就在当地一家旅行社当导游。也就二十来岁，却上知天文下晓地理，既能说凡人俗事也能说历史故事，各地风景名胜的讲解对他而言真是游刃有余，由于他慢条斯理的讲解和博学不凡的气度让他在导游界获得了良好的口碑。

亚历山大很快被单位领导重用，而他也没有辜负上级的栽培，多年来，他策划的点子迅速为旅行社招揽了许多长期合作的客户，旅行社也因此拓展了业务扩大了海外市场，而这年他已经四十岁了，并且已晋升为总公司的策划部经理。

事业上的稳固令他不必再为生计而奔波。寂静星夜，院子里的兰花散发着幽香，他站在一角望见一树繁花开，樱花树下，风吹过，粉色的花不可计数地纷飞着。在屋南的一角，一丛金黄色的竹子花在暗淡的月光下绽放着。

他想起老人说，竹子一开花寿限就到了，花朵盛开后就会干枯死去。他不禁感叹人生短暂，这些年来他在忙忙碌碌的生命里苦力打拼，却从未停下脚步与心灵对视，望见一朵花开。生命的意义究竟在哪里，人生除了工作还应该有梦想，在来得及的时候应该为自己的心做点事情，否则，就会如竹子花一样等到临终才绽放，最终也只有惋惜了。

在一个偶然的机会，亚历山大在电视里看到了奥运会上美国和新西兰的男子皮划艇冲击了欧洲的一统天下，夺走了 3 块金牌的比赛画面，竟然点燃了他心里的热火。他兴奋不已，梦想着自己有朝一日可以驾着皮划艇跨越大西洋。然而学习皮划艇需要有充沛的体力，为了适应海上运动，亚历山大每天坚持锻炼身体，保证足够的肺活量。几年的时间，他把自己的皮肤晒成健康的古铜色。

20 多年过去了，67 岁的亚历山大对皮划艇运动的喜爱有增无减，并且在当地的游艇俱乐部已经小有名气。他觉得是时候放飞自己的梦想了，当他把自己想要驾艇探险的决定告诉儿子的时候，儿子为父亲这次长达六个月的探险之旅感到担忧。亚历山大告诉儿子，做一日雄狮胜过做一日羔羊，人生不能如竹子花一样等到临终才绽放。

亚历山大从葡萄牙首都里斯本出发，他原计划行程超过 6500 英里，但由于海上天气恶劣，船舵被损坏了，他不得不在百慕大群岛靠岸修整船只。当皮划艇进入墨西哥湾水域时，当天浪大风急，海潮汹涌，非常危险。而他的通讯设备也因为故障与外界失去联系长达 47 天，甚至卫星导航系统也出现了问题，难以确定行进路线，但他还是一如既往地坚持划行。

4 月 19 日，亚历山大顺利将皮划艇驶入美国佛罗里达州新士麦那海滩，结束了他横跨大西洋长达 6000 英里历时六个月的皮划艇探险。当记者问他，为何这么大年纪还要选择这样危险的运动时，他微笑着回答道：之前为了生计奔跑在奋斗的路上，没有时间停下来追寻梦想的美好，不免感到喧嚣疲惫。但是现在，我终于可以自豪地对全世界说，这一生，我曾为梦而活！

是的，我们每个人都是短暂的一生，有的如樱花，短暂绚烂后便枯萎；有的如竹子花，直到临终才绽放美丽；而有的如兰花，一路行走，一路高雅明媚地散发着花香。所以，不负流光不负梦，我们要活在当下，为心中执著的梦想而精彩地活！

“积累”成功的人

▶ 文 / 琪琪

对于不屈不挠的人来说，没有失败这回事。

——俾斯麦

他生在英国长在美国，父母都是教师，整个童年和少年时期都在家长的严格管教中度过。高中毕业后，他学业优异，顺利进入美国著名大学普林斯顿大学学习。思想保守的父母，对他期望甚高，一直希望他日后可以做一名受人尊敬的律师或政府官员。然而，谁也没有想到，大学时期，因对表演突然产生浓厚兴趣的他，却从此树立了一生的志向——当一名伟大的演员。

1995 年，大学毕业那年，他所在班级的同班同学三分之一去了医学院，还有三分之一去了法学院或华尔街等精英汇聚的地方。当同学们询问他的去向时，他却神秘地告诉他们，他要到好莱坞做一名演员。他的回答把在保守的环境中成长起来的朋友吓坏了，大家都以为他疯了。后来，当他把这个不合实际的想法告诉父母后，父亲和母亲都对他这个冒失的决定，表示出极力的反对和极为的不解——一个堂堂普林斯顿大学毕业的高才生，怎么可以到好莱坞跑龙套呢？

不管别人怎么反对，他最终还是坚守自己的梦想，从纽约来到了洛杉矶，投入好莱坞的怀抱中，开始了自己的梦想之旅。

在好莱坞，他租住在一个仅够一个人住的小房子里。为了生存，最初他不得不到电影公司做幕后工作。第一年，他整天忙碌于复印、整理材料和调整灯光，穿梭于各个办公室之间，甚至有时还会帮老板喂鱼、上街买餐，或者给大明星遛狗。

那段时间，他穷困潦倒，生活在饥寒交迫之中，最困难的时候连廉价的房租都交不齐，要靠父母接济度日。每个周末，他都不得不呆在办公室里——他租住的那个小屋子连一台空调都没有。他在会议室里搭起了床铺，靠洗劫公司的食品柜填饱肚子。

这样的日子，让他感到极为厌烦和失望。有一天，他突然意识到自己不能再这样混下去了，就惊慌失措地跑进老板的办公室，大声对老板说：你知道吗？我想做一个演员！

老板吃惊地看着他，有些不解，以为他嫌弃工作的待遇低，就赶忙对他说，我刚接受一个广播公司动画片导演的工作，我希望你做我的助手，年薪 4 万。

老板的话让他极为失望，那天，他毅然决然地离去了。

此后，他开始真正为最初的梦想奋斗，开始寻找各种机会兜售自己，参加各种各样的演员面试。为了实现自己的演员梦，他一边做义工，穿梭于好莱坞几乎所有的工作间，继续做幕后工作，一边参加表演班刻苦学习表演。

这期间，他虽然屡屡被拒，但也得到了在《吸血鬼猎人巴菲》《急诊室》《恐龙帝国》等剧集中客串表演的机会。再后来，他在电影《人性的污点》中担纲一个重要角色，和影帝联袂表演，并在剧中有不俗的表现，但他的艺术人生仍然没有多大起色。

2004 年之前的两年间，他几乎找不到任何工作可做，生活和事业都跌到了谷底。这时，他感到自己的艺术人生前途黯然，心中不免浮起无奈的绝望。在苦苦的找寻后，在长久的等待中，他终于接到了一个不起眼的活儿。一个低成本小电影的导演找到了他，想让他加入剧组。可令他失望的是，他在剧中饰演的是一个仅仅只有 10 分钟出镜时间的逃犯。但他没有拒绝，认真地投入表演中。

一个月后，他又接到了一个剧组的邀请，让他去试镜。他马不停蹄地赶过去。试镜那天，因为他在好莱坞各个工作间混迹多年，在场的 30 多个总监几乎都对他略有印象。那天的表演，他从容自然，试镜出奇地顺利，他很快就拿下了这个角色。大家都认为他就是剧中主角的不二人选。

这是一部反映正义与邪恶斗争的电视连续剧，在剧中，他饰演一个机智勇敢的建筑工程师，为营救自己已经被误判死刑的哥哥，在黑人与白人两派之间游走，有条不紊地实施着越狱计划。

整个电视剧，剧情悬念迭出，扣人心弦。电视剧在 FOX 播放后，一时观者趋之若鹜，好评如潮。机智、冷静、重情重义，他把角色拿捏得恰到好处。出神入化的表演，为他赢得了亿万观众的心，从而一夜成名。此后，美国各大媒体的封面纷纷登出他的照片。他还被主流媒体评为“最性感的男明星”以及“银屏上最热的新面孔”。他成为 FOX 官方网站 1998 年建站以来观众评分最高的一个演员。

这部电视剧，就是在北美红极一时又在世界各国热播的美国电视连续剧《越狱》。而他，就是在该剧中饰演迈克尔·斯科菲尔德的男主角演员——文特沃斯·米勒。

文特沃斯·米勒终于迎来了自己表演人生的一个转机。2005 年 12 月 13 日，第 63 届金球奖提名名单揭晓，《越狱》获得了最佳剧情类电视剧奖提名，而文特沃斯也因在剧中出色的表现提名，和《迷失》《24》等热门剧集的男主角一起角逐剧情类最佳男主角。

回顾文特沃斯·米勒过去的 10 年，他做过两个重要的人生决定：一是从普林斯顿大学毕业以后，没有选择华尔街的精英世界，而是转身投入了好莱坞的梦想之中；二是在好莱坞混迹 10 年未果的情况下，没有选择放弃，而是一直在坚持，虽然坚持得异常艰难。

为了梦想，10 年间他换了 12 份工作，经历了 488 次的面试，34 岁时才终于换来了一个金球奖提名，而这仅仅只是一个开始。

后来，当别人夸奖他具有超人的表演天赋时，文特沃斯和别人这样谈及自己的成功：小时候每天出门去读书前，父亲都会对我说一个词“积累”。每一次考试、每一次测验、每一次和老师的对话，这些都会对最后的成绩产生影响。决定你能够考上什么大学，你能过怎样的人生，所有小事加在一起就是一件大事。这就是你的人生。

每个小女孩心中都藏着一个“大女孩”

▶ 文 / 琪琪

> 一个人几乎可以在任何他怀有无限热忱的事情上成功。
>
> ——查尔斯·史考伯

罗丝·汉德勒和丈夫埃利奥特·汉德勒创建了美泰公司，经过近十年的奋斗，才把公司从亏损状态发展为有微薄利润的小型专业玩具生产家。这期间，公司设计、生产、销售过无数种产品，但从没有什么惊天动地的杀手锏产品。

1957 年的一天，罗丝看到女儿芭芭拉在和一个小男孩玩剪纸娃娃，女儿沉迷其中。这时，罗丝发现，他们玩的剪纸娃娃并不是当时常见的那种婴儿宝宝，而是一个个少年，并有各自的职业和身份。一瞬间，她忽然产生了一个奇特的想法：为什么不做个成熟一些的玩具娃娃呢？

罗丝想：女孩、男孩玩游戏，其实不过是在做“角色扮演”——预习她们将来成人的体验。对于一个小女孩来说，谁不希望自己将来长得漂亮，懂得如何搭配衣着，知道如何打扮入时，能够展现自己的个性和风采呢？世界上每个小女孩心里一定都藏着一个“大女孩”。再想想当时市场上给女孩子们玩耍的洋娃娃她就生气，那是一堆什么样子的玩具呀？一个个用绒布塞得鼓鼓囊囊的，大大笨笨的脑袋，圆圆肥肥的肚子，直通通上下一样粗细的手臂和脚杆儿——好笨好丑，从不管它什么比例、时尚、品味、制作工艺之类。

不久后，无意中罗丝又发现自己的大女儿平时喜欢涂涂画画，画面里充斥了各式各样“大女孩”的形象，这更加坚定了她的想法。

罗丝要给全世界的小女孩送去一个“大女孩”模样的洋娃娃，市场上从来没有过这样的产品，这可是个很有潜力的大市场。

罗丝坚信自己的直觉是对的，于是她兴致勃勃地把这个奇特的想法告诉了丈夫。没曾想，丈夫一听这个主意就连连说“不”：“别异想天开了，且不说小女孩是不是喜欢‘大女孩’，洋娃娃可都是大人从口袋里掏钱，老爸老妈谁会给自己的孩子买这些挺胸翘臀的女人玩儿？”

为了彻底打消妻子的胡思乱想，第二天，丈夫拖着她来到公司设计部，当着众人面把她的想法讲解了一番。结果遭到所有设计师的反对，接着他还拉着她来到公司组装线上，问大部分都是孩子妈妈的工人，是否愿意为自己的女儿买这样的玩具，结果得到全场异口同声的“不！”。

的确，这个简简单单的想法在当时是无法使人信服的。在大家看来，罗丝的想法太超前了，所以显得奇异怪诞、不着边际。

虽然遭到了众人一致否定与反对，罗丝还是决定去尝试一下。她执迷不悟，一意孤行，顶着巨大压力，在公司上下一片哗然中，强行启动了自己的疯狂冒险计划：她命令设计师们完全按照自己的意思设计一款心目中的“大女孩”形象：鹅蛋型的脸蛋、大大的眼睛、弯弯的眉毛、翘翘的鼻

梁、高高的胸脯、细细的腰身、修长的四肢……

体型设计一改再改，最后定型为一个三围 39-21-33 的绝对“迷你版”美女，并且替她配备了一个五颜六色的衣柜，二十套盛装；然后，她又命令生产部门采用最好的材料、最新的工艺技术精工细作，务求每件衣服做到细节的逼真，连脸上的眼线都必须画得惟妙惟肖；她还命令市场部制作精美的电视广告片去做宣传；最后，她决定用大女儿的名字来命名这批洋娃娃的品牌：“芭比”。

“芭比娃娃”在罗丝的千呼万唤中，终于诞生了。尽管罗丝满怀信心，但公司里仍然是一片质疑声。大家都垂头丧气地等待失败降临，罗丝却在寻找着最佳的出手时机。

1959 年初春，一年一度的国际玩具交易展在曼哈顿中城的玩具中心隆重开幕，成千上万来自世界各地的玩具订货商冒着寒风在这里欢聚一堂。罗丝觉得机会来了，特意为“芭比娃娃”租下最显眼的展位，精心布置，让“芭比娃娃”靓丽登场。此外，她还特意在马路对面租下一个酒店套间，移走了房间里的床和家具，搭起了一个私密的展室，准备接待重要的玩具经销商。

罗丝信心万丈，拭目以待，但她怎么也没想到，事情却大大出乎她的预想。当年美国正在到处宣传“登月计划”，所以展厅里的飞船、火箭、宇航员的模型成了最热门的抢手货。形成鲜明对比的是，一旁居于要位的“芭比娃娃”却无人问津，即使偶有人过问，脸上也无不带着疑虑、不解、甚至不屑一顾的表情。

罗丝感到失败正在降临，她内心无比的焦虑。果然，时间一天天过去了，订单却寥寥无几。败局已定，唯一让她略感欣慰的是，展会的最后一天，她终于和美国最大的百货连锁店西尔斯签下定单。罗丝的冒险行动终于以纽约国际玩具交易展的全线败北而告终。

当她拖着疲乏不堪的身体，在众人的窃声讥笑中，回到她洛杉矶的办公室时，连她自己都开始相信自己是彻底错了。清醒过来的她，开始处理“后事”。她先是解散了“芭比”设计团队，让他们回到原来的岗位，各司其职，紧接着赶紧打电话让生产线停下来，取消预订的生产计划，以免公司蒙受更大损失……

正当罗丝从弥漫的梦幻里重返现实的时候，丈夫却急匆匆赶来，上气不接下气地说：“对不起，我们全错了……芭比娃娃的订单铺天盖地像雪花一样地飘进来啦……”

罗丝大惑不解，一下子僵住，然后她激动地站起身来，从台子上抱起一个芭比娃娃，推窗而望。这时，她似乎看见远方高楼大厦的窗户也都一一打开了，一个个小女孩从窗口探出头来伸出双手在尖叫：每一个小女孩心里都藏着一个大女孩！

原来，因为芭比娃娃的媒体广告投放滞后，在国际玩具交易展结束之后才纷纷在媒体上亮相。而各地的小女孩和年轻的妈妈们，在电视和报纸上看到了芭比娃娃的广告后，即刻蜂拥抢购，但大部分经销商并没有在展会上预订芭比娃娃，这样热闹的场面让商家们都傻了眼，于是他们纷纷寄来定单。

事实胜于雄辩，事实证明罗丝的想法是对的——每一个小女孩心里都藏着一个“大女孩”。很快，美丽的“芭比娃娃”就畅销全世界，成为了美国文化的一个重要代名词，美泰公司也从一个不起眼的小公司一跃成为世界上最大的玩具公司。50 年过去了，芭比娃娃仍然是美泰公司里千金不换的骄傲公主，大家都不会忘记，创造这一奇迹的，是一位懂得大胆创造与执著坚守的女士。

用一根手指拥抱世界

▶ 文 / 燕子南飞

天才是百分之一的灵感加上百分之九十九的汗水。

——爱迪生

这一年的12月23日，风华正茂、年仅24岁的平面设计师王甲，以十万分之六的罕有概率被确诊为“渐冻人症”（肌肉萎缩侧索硬化症）。

这是一种与艾滋病、癌症并称的世界五大绝症之一，当今医学界尚无任何有效的治疗方式，换句话说，这种病没有治愈或好转的可能。这是一种神经系统疾病，会悄无声息地蚕食病人的一切行动能力，如同躯体上蔓延的冰，渐渐冻住他们的身体。而更为残忍的是，这种病并不伤害感觉神经，不影响心智、记忆和感受，“渐冻人”们将在头脑极其清醒的状态下，眼睁睁地看着自己的生命之花一点一点凋谢枯萎——不能行动、不能说话、不能吞咽，直至不能呼吸。

患病三年来，疾病很快夺走了王甲健硕的体魄、说话的能力与站立的力量，留给他的，仅有一根多少使得上力气的手指和可以眨动的双眼。

是向命运屈服，还是向命运抗争？可一根手指头怎么向命运抗争，一根手指又有什么用呢？

或许许多人都会认为，一根手指干不了什么，而王甲却偏偏要用这根手指去拥抱整个世界，用这根手指去创造奇迹——设计作品坚守梦想，书写文字砥砺人生，并以此向世界传达他对生命和人生的理解与改变命运的决心，以及他对世界无限无私的爱。

每天清晨，他都会早早起床，在妈妈的帮助下洗漱、吃饭，之后坐到电脑前，静静地构思、设计。在家人或朋友的帮助下，他的右手被置放在鼠标上，最有力气的右手食指被固定在按键上。开始设计或打字时，他缓慢地由外向内移动手臂，在屏幕键盘上点出第一个字母。此时，他已无力再把手臂撤回来。而家人或朋友却要猜他要打哪个字，然后看他眼神上下左右移动，帮他确定鼠标的位置，再看他点出第二个字母……

他们之间的约定很有意思，眨眼表示“是”，不动表示“否”。许多时候，一个简单的文字或符号，需要反反复复配合好长时间才能完成。

王甲就是这样用这根尚且有力的手指继续自己的设计事业，在与病魔的顽强斗争中，他陆续完成各类设计作品近百件。同时，疾病也使他的设计带上了更为深刻的社会关怀。汶川地震后，由他设计的公益海报《泪》和《中国的脊梁》被一家杂志采用了。在收到3000元稿费之后，生活极其贫困、急需大量救治资金的他，却把稿费悉数全部捐给了灾区。

王甲还用这根指头写博客，以文字激励读者与自己。他在博客里写到：“一个男人要把一切苦难当做美食咽下，细细体悟其中滋味”“我一直没有放弃，一直在战斗，一直有尊严地活着”“幸福找到我，幸福说：瞧，这个病人，他比我本人还要幸福”“一根手指的力量如果找到支点可以撬起地球，一份爱的温暖如果找到港湾可以点燃生命”“我知道我是个病着的穷人，我试着让灵魂更加丰富，做个精神富翁”……

王甲博客中的文字，感动了许多博友，大家纷纷留言鼓励他继续努力。有博友给他留言：你是真正的男人，真正的勇士！还有博友激励他：一切的苦难都会过去，胜利终会向你招手。

现在的王甲，仍然像个斗士那样在同不公的命运抗争。每天，他除了帮一些朋友搞设计外，还在写一本自传《青春无悔》。他渴望早日能完成和出版这本书，他要把自己的经历和感悟都写在这本书中，他想让更多人能从中感悟到人生的意义与生命的真谛。

第三辑

Chapter Three

给我一个对手，让我战胜自己

▶ 文 / 燕子南飞

> **真正的人生，只有在经过艰难卓绝的斗争之后才能实现。**
>
> ——塞涅卡

2006 年初，在广东当保安的王洪祥，在宿舍里观看了一期河南卫视《武林风》栏目的节目。那是一期“武林风”的年终总决赛，当他看到当年的年终总冠军获得了一辆轿车时，激动不已，当即决定参加该栏目组组织的“海选”。在他看来，那位获胜的年终总冠军并不比他强多少。

在经历了一些波折后，经过海选，王洪祥终于如愿站在了“武林风”的擂台上。2006 年 9 月 2 日，王洪祥顺利地从初赛一路过关斩将，攻到了上期擂主昌志旺面前。站在他面前的对手十分强大，以太极推手见长，又身兼摔跤、散打等多项技艺。那场擂主之争，打得异常惨烈，双方各两次倒地，最后王洪祥以右手中指骨折为代价险胜。

荣胜之后，电视台曾征询过他的意见，是回去治疗还是带伤作战？

他看了看接下去的对手名单，果断地选择带伤打下去。在随后的几场比赛中，这位初出茅庐的年轻人过了一把“杨过瘾”，放弃了使用右拳，以自己的两条腿和一条左臂出击，轻松赢得了接下来的几场比赛。一路战下去，短短几个月，他赢得了“7 连胜”。

2007 年 2 月 10 日晚，是《武林风》年终总决赛，获胜者不仅可以获得“《武林风》中华民间英雄”的荣誉称号，还能带走本届比赛最终的 15 万元现金大奖。那场比赛，他志在必得，最终轻松击败劲敌金宏雨，成为百姓擂台年终总冠军。一夜之间，这个曾经默默无闻的保安，名扬天下。

2007 年，成为“中华民间英雄”的王洪祥，开始接受新的更大的挑战——专业搏击对抗赛，而且对手都是外国的顶尖高手。

一路比赛下来，他几乎是顺风顺水，势如破竹。每一次连胜，虽然给他带来了巨大的心理压力，但强者，总是以勇者的姿态迎接挑战，不断去战胜一个又一个对手。

2007 年 8 月 25 日，在“中日七对七亲善赛”上，他战胜了日本选手春日俊彰；2007 年 9 月 22 日，第三届“中越对抗赛”，他战胜越南选手阮明智；2007 年 11 月 17 日，在第二届“中泰对抗赛”，他战胜泰国选手圣瓦勒克 · 西拉苯；2009 年 9 月 5 日，在“走进拉斯维加斯”的比赛中，他又轻松击败世界自由搏击总会美国排名第一的乔希里，蜚声海内外。这次比赛，他赢得了美国民众与媒体授予他的一个新的光荣称谓——“China 王”。

至此，王洪祥在拳台上保持了 29 场连胜的超人战绩，在 11 场对外比赛中，他以全胜的姿态出现，并多次 KO 对手，成为一颗最耀眼的武术明星。

看王洪祥的比赛，是一种享受，他那猛虎下山般的王氏打法征服了每一位喜爱他的观众。虽然，每次在他的开场赛上，主持人都会向大家做一次“心理疏导”——任何一个强者，都有失败的那一天，或许失败的那一天就是今晚……但大家还是对他充满信任与期待。

2009年10月10日，从美国大胜归来的王洪祥，还没有尽享成功的喜悦，又接受了新的挑战。首届中墨对抗赛战幕拉开，他应战墨西哥选手莱斯特。那是一场令人揪心的比赛，第一局还处于优势的他，第二局因为一时疏忽大意，被对手飞起的一腿击中头部，轰然倒下。

“太意外了，王洪祥被对手KO了……”当主持人激昂的话语在赛场上空回荡时，所有人都惊呆了。眼睁睁看着心目中的王者被人搀扶着走下擂台时，许多他的忠实“拳迷”都落下了失落的泪水。王洪祥首次败北弗朗基·莱斯特之后，受到了全国各地武术爱好者的关注，有人惋惜也有人非议，但更多的是理解和支持。比赛过后，面对媒体，王洪祥很坦然，用略带调侃的口吻说，许多人都说我不够完美——因为我没有失败过，现在，我终于完美了。

这次失败，让王洪祥遭受重创，被KO后，因为鼻骨和腿骨骨折，他在医院待了一段时间后，又回家静养了。

在经过一段时间的调整，病愈之后，谁也没有想到，他很快又回到擂台上，开始了属于他自己的新的征战，迎战世界散打的最强者——伊朗散打世界冠军侯赛因·奥贾吉。

王洪祥的选择令许多人不解，因为大凡稍有常识的人都知道，即便是拳王泰森，从监狱出来后打的第一场比赛，教练组在给其选择对手的时候也是先找个软柿子捏一下，以便让他建立信心找回比赛的感觉，而他却反其道而行之，不但没找软柿子捏，反找了个更加强悍的世界级高手对阵。

对于这场比赛，许多人并不看好他，都以为他疯了，自寻死路。

2010 年 1 月 31 日，第四届环球球王争霸赛如期而至。那是一场艰辛的比赛，面对世界散打冠军侯赛因，王洪祥和他斗智斗勇，打得小心谨慎又积极主动，中途险些因为受伤放弃比赛，令人吃惊的是，最终他还是以微弱的优势赢得了这场比赛。China 王，以更加强大的姿态。站在了世人面前，并再一次完成了完美的蜕变。

从民间功夫高手，到世界搏击赛场的强者，短短几年，王洪祥就完成自己人生的完美转身。对于他的成功，许多人都认为是一个神话。

思考和探究王洪祥的成功之道，我们不难看出：与强者对阵，才能成为强者。挑战强者，才能不断战胜自己，超越自己。王洪祥靠什么成功？除了天分和努力，还在于他那颗挑战强者的心。正如他在节目中一直所说的那样——给我一个对手，让我战胜自己。

让跑在你前面的人打破纪录

文/文飞

倘若你想达成目标，便得在心中描绘出目标达成后的景象，那么，梦想必会成真。

——理查丹尼

一年一度的学校运动会拉开了战幕，无数人的目光聚焦在马拉松赛场上，女子比赛正在进行。报名者极少，只有三个女孩子，这样的比赛裁判员的人数超过了运动员。

现场围观了许多学生和群众，三名运动员正蓄势待发，其中一个女孩子名字叫做奥通巴耶娃，她身材中等，体形稍瘦，是三名学生中最有实力的选手，大家对她抱以热烈的期待。许多同学热情地支持她，并且在沿途上设置了蓄水点，以便她可以及时补充能量。

因为考虑到学生的体力，整个赛程缩短至 8 公里，没有执行国际比赛规定的距离。

比赛开始了，三名运动员马上分出了高低，奥通巴耶娃体力好，遥遥领先于其他两个同学，在跑到 2/3 距离时，她已经领先第二名一百余米。

在离终点还有两公里左右时，她感觉自己的体力下降得厉害，口干舌燥，脚下如灌了铅般地沉重。意识告诉自己，她今天后半路的状态欠佳，正在此时，后面的一位同学超越了她，她鼓足勇气跟了上去，但还是与对手差了半臂距离。

奥通巴耶娃感觉口干舌燥，她想喝水，这时一位同学送给她一瓶水，她喝了几口后，准备扔到地上，这也是长跑运动员一种习惯的姿态。

可接下来却出乎所有人的意料之外，她竟然将那瓶水送给了跑在她前面的同学，一切发生在瞬间，周围的同学惊呼着时，那名同学接过水瓶，喝了几口后，扔进了旁边的稻田里。

比赛的结果可想而知，那名同学由于及时补充了营养，破天荒地打破了校马拉松的运动会纪录。

同学纷纷责怪她，不该送给对手那瓶水，正是那瓶水救了对手。

她接受校杂志采访时说道：我已经感觉不行了，体力不支，即使是补充水份也不可能战胜她。我想可以帮助她打破纪录的，要知道，这个纪录已经二十余年没有人打破了。

即使你赢不了比赛，至少可以让跑在你前面的人打破纪录。

每个人都需要一个榜样

文 / 吉祥

有志者事竟成也！

——刘秀

东京郊区的一所演讲馆，摄氏40度的高温。无数学子嘴里不停地骂着这样的天与这么狠心的演讲老师，偏偏安排这么一个热的天让大家听课，并且还有一点，这家演讲馆居然没有采取任何的降温措施。

勉强挤进了烦躁不堪的演讲馆里，演讲老师望着台下躁动不安的学子们有些无可奈何。他裹着一件衬衣，额头上热汗横流，眼中明显有一种被惹恼了的冲动，他不停地拍着桌子，直到大家相对安静下来，才准备开始他近两个小时的演讲。

环境能够左右人的心态，尽管讲师的开场白非常精彩，但带来的却是稀稀松松的掌声。

正当人声嘈杂时，前门被人敲开了，可能是教室里的喧嚣掩盖了他的敲门声，他似乎是敲了半天门没有回答后才挤了进来。所有人的目光便由老师平移至这一处难得的风景上。

一个步履维艰的老者，手里拄着一根拐棍，好不和谐的风景，同学们唏嘘起来。他大汗淋漓，脸上却尽是羞涩的微笑，他首先向老师和大家鞠躬表示歉意和打扰，然后说道：对不起，老师与各位同学，我是一名插班生，由于自己的腿不好，刚才在路上摔了一跤，所以来晚了。但我不愿意落下每一堂课程，因为在晚年能够有机会听到如此高规格的演讲已经是我的造化了，我不知道自己能够撑多久，但每一堂课我都会咬牙坚持来的。最后请大家谅解。

他说着，想找个座位坐下来，但演讲馆里早已经高朋满座，他一眼看到最前排有一把被人遗弃的破损凳子，他将凳子立起来，然后艰辛地坐在上面。

本来喧嚣的演讲馆顷刻之间静了下来，几乎所有的同学都在回味着刚才老者所讲的话。他就这样安静地坐在那张破凳子上听了近两个小时的课程，他不停地做着笔记，然后带头给讲课老师鼓掌。期间，有无数个良心发现的同学想让座给他，均被他拒绝了，他告诉大家：我能够坚持下来。

接下来的演讲出奇地顺利，刚才热浪滚滚的演讲馆似乎凉爽了许多，同学们笑逐颜开、十分配合地听完了整堂演讲。最后大家站起身来鼓掌，为老师，也为那个能够坚持下来的老者。

老者也站起身来，挥手向大家感谢，他要来了麦克风，对大家深鞠一躬，然后说道：其实，我最应该感谢大家，因为我的耳朵不好，我害怕听不到老师的讲课声，但今天大家的安静让我将老师所讲的所有概念都记了下来，晚上我会好好地消化他们。

台上的老师也感动得热泪盈眶。他忽然想起了什么，回转身去，在黑板上写下来他下一场演讲课的标题：《每个人都需要一个榜样》。

倒过来解决问题

▶ 文 / 吉祥

> **胜利者往往是从坚持最后五分钟的时间中得来成功。**
>
> ——牛顿

1998 年的金融危机重创了中国香港，许多企业在泥淖中苦苦挣扎，许多企业也面临着倒闭的风险。

有一家生产玩具的厂子，销路出现了严重的问题，虽然他们将玩具的价格压到了最低价，但还是找不到销售方向。企业的老总一筹莫展，几天几夜没合眼，企业的工人也出现了动摇的倾向。

老总的儿子给他打电话：让他回家里吃饭，顺便有道不会的作业题向他请教。老总烦得很，本来不想回去，无奈儿子几次打电话催促，他只好成行。

妻子早做好了饭，饭后儿子将一道数学题推到自己面前，让他解答。

题目居然是 18+81=（　）6。这真是一道难以理解的题目，一时间，老总也陷入了沉思中。

虽然想了好几个钟头，但此题依然未解，他和妻子都不约而同地认为：这道题出错了。

儿子最后失望地来回扔着卷纸，卷纸被当成了皮球般地飞来飞去，最后跌落在老总的面前。老总的眼睛始终盯着卷纸，他心里想着这里面肯定有玄机，就像自己濒临破产的厂子一样。

当他将目光再次锁定在题目上时，他惊奇地发现卷纸被倒了过来，题目居然变成了 9（　）=18+81，他猛地跳了起来，有解了，题目应该倒过来解。

事实证明，他的想法是正确的，儿子拿的是一道数学奥林匹克的题目，用老师的话来讲，旨在锻炼孩子们从各个角度解决困难的能力。有时候，一件看似复杂的问题，如果倒过来分析的话，就会迎刃而解。

从这道题目身上，老总获得了灵感，他想着：既然自己的企业卖不出去玩具，倒不如转手用低价格购进这种玩具。虽然看起来是压住了成本，但这样子做只要能够熬过来便会获得无数的商机，只要金融危机过去了，价格就会成倍地向上翻涨。到时候，何愁无销路与利润呢？

就这样，他以别人不可思议的勇气和力量开始验证着自己的决策，结果，第二年，他疯赚了一大把。

谁也不会想到，老总是从一道难解的数学题上找到了解决问题的方法。解决问题的途径有千万条，越是在艰难的时候，越是要稳定的心情，在绝望中不放弃，就是胜利的征兆。

有时候，遇到峰峦叠嶂时，倒过来看看来时路，也许就会发现另一条路在远方等待着你。

坐在台下看自己

文 / 吉祥

只有把抱怨环境的心情化为上进的力量，才是成功的保证。

——罗曼·罗兰

一个从小喜爱钢琴演奏的男孩子，正坐在属于一个人的舞台上表演，台下是万千人众，他们个个屏息静听着，对男孩子的表演报以热烈的掌声。

男孩子一度高傲无比，因为他觉得自己的才能与表演已经超越了前人。他原来与观众们打招呼时，总是谦谦君子的形象，但直至后来，骄傲的蛀虫侵蚀了他的肌体，他开始变得不可一世。每逢观众们向他叫好时，他脸上的表情总带着不屑一顾与不可一世。

一日，他路过自己的故居，那是一套旧式的房子，他出名后觉得十分寒酸，索性将它送给一个以前看门的老人。

老人过来与他打招呼，他敷衍了几句，觉得他很寒碜，与他说话，显得自己没有高贵的形象，于是他找了个借口，想尽快远离他。

老人最后的一句话提醒了他：孩子，我看了你的演出，十分精彩，只是我觉得你的面目可恶，你是不是病了？

我的面目可恶吗？这简直是天方夜谭，男孩子根本不相信老人的话。

但在另外的时候，他偷听到了观众们的对话，他们谈话的内容与老人大体相仿：这孩子怎么变得面目可憎起来啦？

男孩子恍然大悟了，他将自己演出的照片收集起来，果然看到了自己扭曲的脸庞，一种高高在上的狰狞，一种想摆脱尘世却依然曲高和寡的奇怪神情。

这个叫朱尔·让桑的男孩子在夜里产生了一个奇怪的想法，他想坐在舞台下面看自己的演出。

这简直是匪夷所思，在 1878 年的法国巴黎，这个年仅 18 岁的小男孩突然宣布自己退出演艺界，一时间众人哗然，而他却说到做到，再也未曾在舞台上出现过。

这个男孩子开始研究一种叫摄像机的东西，他利用前人的成果和自己的想象，加上自己从小就有的机械天赋，在 1908 年制造出了世界上第一台摄像机。

一个惊人的信息震动了法国艺坛，一个 30 年前的钢琴家朱尔·让桑重出江湖，他让摄像师在台下录制自己演出的全部过程，然后整晚地进行观摩，他修正自己不该有的动作与面目，从而还观众一个更加动人真实的自己。

在以后演艺生涯中，由于无法改变自己脸部僵硬的表情，他再一次退出了艺坛。这一次退出，是彻底的绝决，是一种看淡自己的从容，他从此

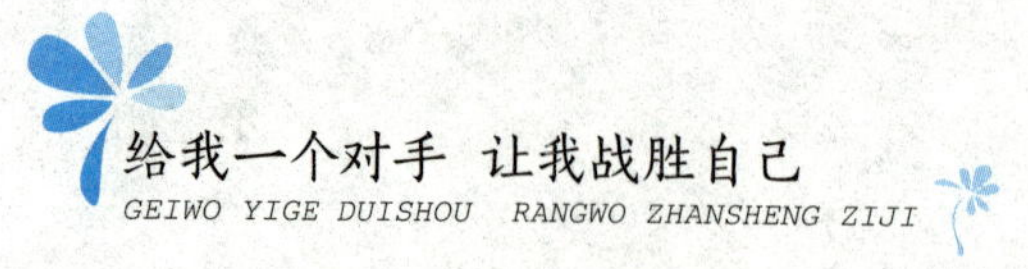

留给人们的是无尽的遐想。

坐在台下看自己，这也是天后王菲的人生梦想，她说过：我多想坐在舞台下面，看自己的表情有多么的紧张，我多想还观众一个完美的自己。

有几人有这样的梦想？我们每个人都处在高高的舞台上面，我们可以表演善良，也可以送给大家丑陋，但我们有几人考虑过台下的观众的感受。

有时候，我们不经意流失的，可能就是自己珍贵的表情，而这些表情，恰恰印证了一个真实的自我。

先受伤，然后再开花

文 / 烛光晚车

如果你问一个善于溜冰的人是怎样获得成功时，他会告诉你："跌倒了，爬起来，这就是成功。"

——牛顿

6 岁的小姑娘塞隆由于膝盖受伤，不得已暂时告别了钟爱的芭蕾舞舞台，在家里养伤，母亲则是她唯一的陪伴与亲人。

在南非的豪登省，母亲经营着一家大型的庄园，除了种植庄稼外，她还养育着许许多多各式各样的鲜花。塞隆每日心情郁闷地躲在屋里忧伤，母亲则每日在花园里收拾鲜花，小姑娘偶尔会走出去，看着母亲忙碌的身影叹口气。而这时母亲会回眸朝她一笑，母亲没有因为父亲的离开而悲哀。

塞隆喜欢芭蕾，但在几天前的一次训练中，她的膝盖跌在地板上，受到了严重的碰撞，医生检查后无奈地告诉她：你可以改做模特行业，芭蕾舞对脚尖的柔韧性要求太高了。

医生婉转的话语是在提醒她：她可能要永远离开芭蕾这个舞台了，从幼时种下的梦想就要夭折了，塞隆幼小的心灵受到了重创。

为了让自己的脚尽快恢复，她开始在院里的石板路上学习模特走步，她的身材姣小，体姿优美，惹得庄园里的打工仔不停地张望着，母亲也时而抱以热烈的掌声。在母亲的天空里，从来没有抱怨与愤恨，她送给塞隆的，总是一个美好的世界。

塞隆在花丛中逡巡着，她发现一个惊人的秘密，居然所有的植物都有伤。她问母亲时，母亲淡淡地回答道：所有的生物都一样，先受伤，然后再开花。

塞隆一整个上午都在花丛里寻找不受伤的植物与花，好不容易找到了一株完整无瑕的水仙花，她大叫着母亲说这株太可爱了，没有受伤。母亲走了过来，将水仙的一株枝叶扯了下来，扔在土壤里，塞隆不解地哭泣着：好好的花，你为何扯掉她的叶子。

母亲语重心长地说：这叶子是没用的，必须扯掉，否则会影响主干的生长，如果它不受伤，就不可能开出美丽的花来。

先受伤，然后才能够开花。小姑娘塞隆顿悟，半个月后，她参加了附近的模特训练班，但模特行业也没有做多久，却因为她的旧伤复发而折戟沉沙。15 岁那年，因为家庭变故，她与母亲一块儿来到了欧洲，一年后她们又来到了美国的电影之都洛杉矶，在这里，塞隆寻求踏入电影行业的突破点。

在洛杉矶，她主营模特行业，业余时间给饭店打工，以赚得养家糊口的费用。母亲则给一家超市当理货员，二人的生活经常入不敷出。

转机发生在她 18 岁时，一天，她正在大街上行走时，刚好一位经纪人在寻找一部电影的配角，误打误撞的，经纪人发现了年轻美丽的塞隆。商谈之下，竟然一拍即合，经纪人成了她的伯乐，引领她进入电影行业。在之后的许多年里，塞隆的演艺事业顺风顺水，期间有过不愉快和失落，也曾经因为与导演们的不协调而被封杀多年，但她依然挺了过来，以迷人的笑容始终占据着好莱坞的舞台，俘获着影迷们的心。她的粉丝遍布全世界，尤其在中国，无数人趋之若鹜，崇拜她的才华与美丽。

这世上没有哪一种生灵可以顺风顺水地走完自己的人生，既然挫折再所难免，何不笑迎而非冷对，何不挑战而非软弱。

先受伤，然后再开花，这就是我们的人生路。

谁愿意帮助自己的对手

▶ 文 / 春秋

自出洞来无敌手，得饶人处且饶人。

——善棋道人

朱成，一个上海女孩。2001 年她从北京大学毕业，同年 4 月被哈佛大学教育学院以全额奖学金录取，成为当年哈佛教育学院录取的唯一一位中国应届本科毕业生。2002 年 6 月，获得哈佛大学硕士学位，同年 9 月她被哈佛大学文理学院聘为全职教师；2003 年 9 月，攻读博士学位；2006 年 4 月，她当选为有 11 个研究生院、1.3 万名研究生的哈佛大学研究生院学生会总会主席。这是哈佛 370 年历史上第一位中国籍学生出任该职位，引起了巨大轰动。

有七位美国总统毕业于哈佛。在历史上，担任过学生会总会主席这一职务的学生里，曾出过 3 位美国总统，这一职务有着哈佛“总统”的美誉。竞选由 11 个研究生院推选 47 名代表组成委员会互相竞选，经过发布任职纲领、竞选演讲和回答委员提问等多个环节，朱成以其独特的魅力和干练的作风顺利地进入了前 4 名。她的对手是三名美国博士生：哈恩、吉米克和隆德里桑斯。

5 月初，调查表明，哈恩和吉米克的支持率分列第一、第二，而朱成紧随其后名列第三，落在第四的是隆德里桑斯。舆论普遍认为隆德里桑斯将退出竞选。没想到，他却突然来了个“杀手锏”。5 月 3 日，隆德里桑斯召开新闻发布会，对前三名候选人进行了猛烈攻击。

他“爆料”说，哈恩的母亲 10 年前在家中自杀，她的死与哈恩父亲对她的虐待有关系。在这样家庭里长大的哈恩，在精神上是否有男权主义倾向？吉米克曾在海滨对一名女士进行性骚扰，这样的人品不配当学生会主席。至于朱成，她在 2005 年夏天，以救助一位南非孤儿为名侵吞了大量捐款，而那位南非孤儿现在仍然流落在纽约街头。

隆德里桑斯发布的新闻让哈佛为之震动，研究生院很多激进组织马上召开集会，要求研究生院学生总会选举委员会立即取消三名候选人的资格。

这让朱成也受到了很多选民的质疑。为了证明自己的清白，朱成在学校召开了新闻发布会。她把那个 4 岁的南非女孩抱到了学校，并且出具了她生活得非常幸福的证明，这让隆德里格斯的谎言瞬间烟消云散。由于哈恩和吉米克还没有澄清自己，隆德里格斯被证实了有说谎行为，这下获胜的天平又倾向了朱成。

为了报复隆德里格斯之前对两人的“毁灭性打击”，哈恩和吉米克趁大家怀疑隆德里格斯的时候，又曝光了一段隆德里格斯在一家中国超市被警察询问的录像。他们说隆德里格斯因为偷窃而被人抓到，在学校里引起了轩然大波。一时间，隆德里格斯百口难辩，这样，获胜的天平再一次倾向了朱成。

2006 年 5 月 11 日，是整个竞选中最关键的一天，4 个竞选者一起召开了新闻发布会。哈恩、吉米克和隆德里格斯都显得有些沮丧，只有朱成依旧露出端庄的微笑。她走上台说：“同学们，我今天想先告诉大家一件事情，就是关于隆德里格斯在超市行窃的事。”她的话，语惊四座，让所有人都屏住了呼吸，隆德里格斯更是因为恐慌而攥紧了拳头。

朱成说：“我认识那家中国超市的老板。我到他那里去过，问明了整个事情的经过。事实上，隆德里格斯并不是因为行窃而被警察询问，而是因为帮助老板抓到了小偷，才被警察询问情况的！”

霎时，整个发布会现场一片哗然。隆德里格斯惊讶地抬头看了看朱成，微张着嘴，想说什么，却欲言又止。哈恩和吉米克则有些沮丧，他们实在不明白她为什么要帮助隆德里格斯澄清丑闻。难道她不明白，一旦他重获清白，就会成为朱成最大的对手？

是呀，谁愿意去帮助自己的对手？

竞选的局势再次因为朱成的曝料而变得扑朔迷离起来，竞选助理埋怨朱成帮了对手一个大忙，朱成只是淡淡地笑了笑说：“我只是希望这次竞争能够公平一些，这样赢得的胜利才有意义。”

投票前 15 分钟，隆德里格斯在广播里宣布了自己退出的消息，并且号召自己的支持者把票投给朱成。他说，他无法像朱成那样真诚与宽容，他已经输掉了竞选。如果朱成竞选成功，自己愿意做她的助理，全力协助她在学生会的工作……

2006 年 6 月 8 日，朱成力挫群雄，以 62.7％的支持率成了哈佛的学生会主席。

一个自信、宽容的人，才愿意去帮助自己的对手，最终也会赢得胜利，因为自信和宽容显示了力量和品格。正如那些投票给朱成的学生说，他们相信，只有内心真正强大的人，才会追求公平、公正，才会看中结果，也享受过程。

善良的征服

文／佳山

人生的真正欢乐是致力于一个自己认为是伟大的目标。

——佚名

2009年9月4日，成都女孩江映蓉荣获2009年度“快乐中国·步步高音乐手机·快乐女声”冠军。

江映蓉从小就在部队长大，活泼开朗，像个男孩，生来就喜欢歌唱。儿时的江映蓉，俨然一个无忧无虑的小公主。然而她12岁那年，父母离异，她开始变得多愁善感起来，经常会莫名地流眼泪。慢慢的，周围朋友的关爱使她走出了那段阴影，也让她懂得了感恩，学会了坚强，学会了以微笑面对不幸。

她读陈帅佛的《命运》，缘于自己有过太多痛苦的经历，她总想把自己的快乐与别人分享，总想把自己的爱给予朋友。如果朋友间遇上什么伤心事哭作一团，她往往是最先擦干眼泪跳出来逗大家开心的那个；如果有朋友遭遇上什么不平，她会挺身而出替他们讨要说法。她说：“我从小就很有侠女情节，想学律师行侠仗义，想像辛巴一样保护身边的人，喜欢替受欺负的人出头。”

在“快乐女声”比赛现场，人们可以看到，每当选手带着失落和遗憾离开舞台时，江映蓉都会伤心落泪，仿佛是她自己一样；看到患病朋友的VCR，她会情不自禁地在舞台上失声痛哭；当与其他选手单挑时，江映蓉反而会微笑着面对，还不时地去安慰对方；当自己受到评委的质疑和批评时，她也是微笑着面对。

看到朋友失意时，她是如此的脆弱；而面对自己的失落，她却是如此的坚强。在舞台上，她会没心没肺地笑，没心没肺地哭，像个“傻大姐”。

最令人难忘的是六进五的比赛，根据比赛规则，实力最强的江映蓉首先出列。此时，她要去完成两件事情：她可以保送一个人进入前五，再和其中一个角斗。她两只手握着的，一边是黄英，一边是谈莉娜。这如同生死抉择！江映蓉哭了！站在等待区的她早已泪流满面。

最终，她作出了让人意想不到的决定，她毅然将黄英直接送进五强，而将自己排除在五强之外。先前她跟谈莉娜的PK她曾经输过，但她最终还是选择了具有异国情调的外型和极具个性的谈莉娜。谈、江二人应该是两堆火，难分仲伯，但江映蓉用满含泪水的决定成全他人，让人感佩不已！

在第一个环节和最后一个环节，江映蓉和谈莉娜遭遇两度PK。首轮PK，在大众评审的投票环节中，江映蓉以12比13败给了谈莉娜，最后的终极PK江映蓉胜出，晋级全国五强，又在“五进四”中成为了第一名晋级的选手并且成为了封面人物，之后一路登顶。

在总决赛中，江映蓉以101票：67票毫无悬念地战胜李霄云折桂。

而在 5 进 4 那场比赛中，评委谭伊哲一语道破江映蓉略带神经质的性格：“她哭，是为别人的离开而难过；她笑，是因为不愿让人看到自己伤感的东西，所以拼命地笑，来掩盖内心的悲伤。”这就是她的善良。

在江映蓉读大二时，一个唱片公司找她签约，她爽快地答应了。但随即她又解约，她认为自己还太肤浅，不能误了人家。如今江映蓉跟天娱传媒签了 8 年的合约。在娱乐圈中，签约三到五年是比较普遍的现象，江映蓉却认为 8 年的合约期合情合理，她也压根没想过要跳槽。她认为没有天娱公司和湖南卫视，就不会有自己的今天，这也是一种知恩图报啊。

江映蓉成功了，并将一路繁花似锦。这得益于她略带野性的唱功，得益于她美丽动人的外表，更得益于她毫无保留的善良。善良是一种力量，如同冬日暖阳，太阳出，冰山滴；如同弱水三千，抽刀断水水更流。善良的征服，是一种给予，是一种感化，更是一种融合，温柔而刚强，无往而不胜。

心灵的力量

▶ 文 / 佳山

伟大的人物在走过了荒沙大漠后，才能登上光荣的高峰。

——巴尔扎克

安妮·沙莉文，1866 年 4 月 14 日出生于美国马萨诸塞州西部的一个小村。3 岁时，安妮患了很严重的沙眼，却因家中贫穷无钱医治，导致安妮的视力恶化。

安妮 8 岁时母亲因结核病死去，10 岁的安妮被送进了贫民救济院。因为安妮的坏脾气，她被关到了这座建筑的最低层——阴暗潮湿的地下室。她又抓又咬又叫，还拿食物砸人，这时的安妮成了几乎完全失明的盲人！后来救济院因条件差被告，上级来人调查。她缠着调查组的组长，说自己要上盲校，这才有幸免费进入柏金斯盲人学校，那时她已满 14 周岁。

在柏金斯盲校读书，开始安妮也不驯服。经过漫长的盲校磨砺，在老师的帮助下，安妮长大了，20 岁时作为优秀毕业生从盲人学校毕业了。

盲校校长推荐她做又聋又哑又盲的小女孩海伦·凯勒的家庭教师。

海伦·凯勒一岁半的时候，一场猩红热夺去了她的视力和听力，接着，她又丧失了语言表达能力。海伦比安妮小 14 岁，她是个非常任性的孩子，做什么总是随心所欲。父母也总是迁就她，觉得对不起她。

对此，安妮非常理解，她清晰地记得自己也曾让人觉得很讨厌，而在黑暗中的孤独无助、烦躁和痛苦，常人无法想象和理解。“她像我认识的人一样健全。”安妮想，“海伦需要正确的训导和无限的爱与关怀，而我比谁都更能够理解她的心情。”

由于海伦对外部世界感情上的对抗，安妮试图和海伦交流的努力很难奏效。安妮既要规范和控制她的行为，又不能伤害她的心灵。后来安妮将海伦带到家庭住所附近的一个小木屋里，以便两人可以单独生活在一起。海伦离开家的第一天，差不多全天都在踢打和号叫。但第二天早上，海伦非但没吵闹，而且很平静。

两周后，她变成了一个温柔的孩子，她愿意学习了。后来有一天，安妮把海伦带到水井房，安妮压水，让水流从海伦的一只手上一遍又一遍地流过。她在海伦的另一只手上一遍又一遍地写“水”，反复让海伦体验“水”，海伦恍然大悟，完全明白了老师的意思。水唤醒了海伦的灵魂，给了她光明、希望、快乐和自由。

从此开始，安妮陪伴着海伦走过了整整 50 年。她以特有的坚强、耐心和毅力，特别是爱心的陪伴和引导，排解了海伦学习道路上的一个又一个障碍。海伦竟然学会了读书和说话，并以优异的成绩考入美国第一流高等学府——哈佛大学，成为一个学识渊博，掌握英、法、德、拉丁、希腊 5 种文字的著名作家、教育家和社会活动家。

她走遍美国和世界各地，为盲人学校募集资金，把自己的一生献给了

盲人福利和教育事业，从而赢得了世界各国人民的赞扬。她的头像被印在了邮票上，并得到许多国家政府的嘉奖，被《大英百科全书》称为残疾人中最有成就的代表。

海伦·凯勒被称为19世纪的一个奇迹，而她的老师安妮·沙莉文就是创造奇迹的人，这就是心灵的力量。一颗善良仁爱、推己及人的心，犹如冬日的暖阳，能驱散头顶的阴霾，融化心中的冰山，迎来柳暗花明的春天，创造生命的奇迹。

天才的光芒

▶ 文 / 佳山

逆境给人宝贵的磨炼机会，只有经得起环境考验的人，才能算是真正的强者。自古以来的伟人，大多是抱着不屈不挠的精神，从逆境中挣扎奋斗过来的。

——松下幸之助

穆律罗是 17 世纪西班牙最有名的画家和贵族。在他众多的奴仆中有一个叫塞伯斯蒂的青年奴仆，对画画有种与生俱来的喜好。穆律罗在给学生上课时，塞伯斯蒂就在一旁偷偷地学习。

一天晚上，塞伯斯蒂一时兴起竟然在主人的画室里画起画来，以至于穆律罗和他的贵族朋友出现，他都浑然不知。穆律罗并没有惊动塞伯斯蒂，而是静静地望着他笔下优美的线条出神。当塞伯斯蒂画完最后一笔时，这才发现身后的主人，他慌忙跪下，在那个等级森严的年代里，塞伯斯蒂是完全可以因此而被主人处死的。

就在人们纷纷猜测穆律罗会以何种方式严惩他的奴隶时，他们却听到了一个令人震惊的消息，穆律罗不仅给了塞伯斯蒂自由，而且还收他做了自己的弟子。

这是贵族们决不允许的。他们开始远离穆律罗，也不再去买他的画，贵族们都说穆律罗是个大傻瓜。穆律罗对此淡然一笑："那些傻瓜又怎能明白，塞伯斯蒂将会是穆律罗最大的骄傲。"

果然，塞伯斯蒂不负恩师所望，成了画坛巨匠。

如今，塞伯斯蒂与穆律罗的名画都被意大利的博物馆所收藏，摆在同等地位，都是价值连城。

300 年后，一位历史学家在写这个故事时，发表了两点感慨：

事实证明，改变一个人命运的，往往是他自身的才华，塞伯斯蒂证实了这一点。

一个受后人尊敬的人，不仅仅是他的传世作品，更重要的是他的品格。穆律罗正是如此。

1933 年夏天时任南京中央大学艺术系教授的徐悲鸿率领学生到庐山写生，归来途经南昌，他在南昌的临时住所，接待了来访的傅抱石。年轻的傅抱石在小学任代课老师，生活十分清苦。徐悲鸿仔细地看了他带来的作品，发现傅抱石是个人才，很有前途。第二天便冒雨来到傅家，对傅抱石说："您应该去留学，去深造，你的前途不可限量，经费困难，我给你想办法。"于是，徐悲鸿亲自去找当时是国民党的江西省主席熊式辉，以他的声名和自己的一张画，从熊式辉那里得到了一笔路费，让傅抱石去日本留学。傅抱石后来终成一代绘画大师。

天才靠自身打磨的光芒，去照彻人生的坦途；而天才无私地用自己的光芒去照亮、温暖别人的时候，世界将会变得更加灿烂而辉煌。

缝隙中洒下的一缕阳光

文 / 苏洪

当一个人用工作去迎接光明时，光明很快就会照耀到他。

——冯学峰

很久没有因为电视感动了，而昨晚，安徽卫视正在直播的《超级演说家》上的一位选手，着着实实让我感动了一回。

她叫曹青婉，是众多参加《超级演说家》中普通的一员，我之所以说她的演讲让我感动，是因为她不仅打破了“十聋九哑”的传说，还用勇气、乐观和智慧给万千观众传递了正能量。

曹青婉是在三岁那年被查出重度神经性耳聋的。这对当时年纪尚小的曹青婉来说，似乎并没有什么，而她的父母从医生那里得到这个结果时，无疑是晴天霹雳。因为他们知道，患上重度神经性耳聋，就意味着女儿一辈子都听不到或听不清大自然美好的声音。当时，曹青婉的妈妈在外地某电视台当主持人，年轻漂亮，多才多艺，很多人以为她会和她的妈妈一样

优秀，却没想到会是这样一个结果，这让全家人都无法接受。

但最终，家人还是接受了这个事实。为了让她能够与人正常交流，母亲毅然决然地放弃主持人的工作和升迁的机会，回家带她——给她买来助听器，并强迫她戴上，专心教她说话。

渐渐的，曹青婉到了上学的年龄，可她怎么都不愿去上学，原因是怕同学笑话自己耳朵上戴着的助听器。妈妈知道她真实的心理后，就鼓励她："眼睛近视了要戴眼镜，听力不好，就带助听器，这很正常啊。"这样的说法让曹青婉很喜欢，所以后来每当再有人问起她耳朵上是什么的时候，她都会毫不避讳地说：助听器！

克服了自卑，曹青婉的生活从此充满了乐观和自信。曹青婉告诉导师和观众："生活一天天过，开心是一天，忧愁也是一天，为何不乐观一些呢？"

是的，曹青婉在让自己乐观的同时，也在努力地绽放自己的人生。从小学到中学，她一直在普通学校读书，成绩名列前茅，而且在各项活动中也出类拔萃。尤其是在2008年残奥会开幕式上，她还作为河南省唯一的入选者，参加了大型手语舞蹈《星星你好》。她的才艺频繁获奖，却从不停下追求梦想的脚步。

2012年，曹青婉以优异的成绩考入南京艺术学院影视策划与制片专业。"受妈妈影响，我其实很想当主持人，或者演员。后来发现他们对听力有一定的要求，才选择了现在的影视策划与制片专业。艺考过程中，看到过无数同龄的优秀的人，希望我也能像他们一样学好自己的专业，以后成为对社会有帮助的人。"

说到自己参加选秀节目，曹青婉说，对自己而言，其实并不在意成绩，而是去感受别人怎样把一个节目做出来。"这是我本专业的知识，节目制作的每一步我都参与了，我发现影视策划专业里面的学问大着呢！”

曹青婉告诉记者，“她（母亲）为了我，放弃了心爱的主持人工作，非常感谢妈妈的付出。”当然舞台永远不能等于生活，接下来，在参加节目之后，她依然要投入到学业中来，以学习为主。“学习到的节目策划等环节，已经足够我消化一段时间了呢！”

“万物皆有缝隙，你就是那缝隙中洒下的一缕阳光。”在《超级演说家》节目中，李咏这样评价曹青婉。

怀揣一颗坦然的心

▶ 文 / 一羽

成功的唯一秘诀——坚持到最后一分钟。

——柏拉图

那是一场规模很大、规格很高的电视模特大赛。

20 位模特儿在参加完第一轮比赛后，主持人说："这一轮我们评选一名最差的模特儿。"

现场观众和电视机前的观众都感到诧异，以前的大赛都是评前几名，但从来没有一次大赛评选最差的。

经过评委和工作人员的紧张忙碌，最差模特儿被评了出来。主持人当场宣布并请最差模特儿向前一步，大家都为那位女孩难过。

在数千万观众的注视下，她面带微笑从模特儿队伍中走了出来。

这时主持人和评委都你一言我一语轮番对她进行点评："你的表情不够自然""你的着装搭配不够合理""你的内在气质不足""你的上镜效果不佳"。听着这些与其说是点评还不如说是责难的话语，女孩却始终面带微笑，只静静地听着，同时很大方得体地点头，并且礼貌地说：“谢谢！下次我一定会注意。”

在众目睽睽之下她就这样微笑地听着，真难为她了。

其他的模特儿有的居然笑了起来，这种笑是一种幸灾乐祸的笑，是一种落井下石的笑，是一种少了竞争对手、有望获得胜利的暗自庆幸的笑。

而这位女孩，却神态自若地面对最差，以微笑来接受评委们的意见去迎接第二轮和第三轮的比赛。

观众都以为那个女孩会心灰意冷、自暴自弃，可她的表现却一次比一次好，到最后她夺得了冠军。

事后有记者问她，你如何能正确面对评委们的责难？她笑着说：“因为我怀揣一颗坦然的心。”

她就是吕燕。2000 年 11 月，她代表中国参加世界超级模特大赛，一举夺得大赛的亚军，这是中国模特取得的最好成绩。如今她是中国首席模特，2009 年被获封为 60 年中国十大风尚影响力女性，新中国 60 年 10 大时尚人物唯一入选的女模特。

其实第一轮评选最差是评委们设计的一个陷阱，旨在考验最佳模特的心理素质，如果她过不了这一关，冠军便会与她失之交臂。

坦然是一种从容，也是一种自信，如潺潺溪流，如巍巍山岳。

唐代文学家韩愈，在初次应试时曾名落孙山，但他毫不气馁，坚信自己写文章的水平和能力。在后来的应试中，面对同样的考题，他把上次写的文章一字不落地再次写出呈上，竟金榜题名。同时代的刘禹锡，被贬长达 23 年之久，但他仍振作豁达，心存坦然，“沉舟侧畔千帆过，病树前头万木春”“种桃道士归何处？前度刘郎今又来”便吟出了他的乐观与坦然。

拥有溪流般的从容，拥有阳光般的自信，人生的脚步便会更加坚实、更加稳健，便会迎来天高地阔、柳暗花明。

最美不过平常心

▶ 文 / 一羽

要成功不需要什么特别的才能，只要把你能做的小事做好就行了。

——维龙

人活一世，有宠有辱，有毁有荣，恰如日月，总有阴晴圆缺，这是人生的寻常际遇，不足为怪。古人说君子坦荡荡，小人长戚戚，对此我们应荣宠亦淡然，毁辱亦坦然，豁达大度，均微笑面对。

1998 年 10 月的一个早晨，美藉华人、物理学家崔琦获得了本年度诺贝尔物理学奖，可他没有欣喜若狂，仍然按原先的计划安排日程、有条不紊地进行工作。在获得诺贝尔物理学奖后的记者招待会上，崔琦还是一身平常的打扮：浅色的衬衫外套，深色的长袖毛衣，深色的西装裤，未束领带，连头发也未特别梳理，皮鞋也未特别擦亮。

当有记者问他得知自己获奖的消息有何感想时，他笑着说：“不，没把它看得太认真，生活依然继续。我也将像往常一样在普林斯顿大学教书，埋头于物理学研究，因为那是一个令我感到其乐无穷的世界。”

荣膺诺贝尔奖，这对于一个人来说，是万人仰慕、誉满全球的莫大荣耀，满可以喜不自胜、“弹冠相庆”，引以自豪的。然而，崔琦却视若无睹、平静如常，像什么事也没发生似的，他依然按部就班、一如既往地工作和生活。不以己悲、不以物喜、宠辱不惊、淡泊明志，莫过于斯了！

荣德生，中国民族工业的先驱者，前国家副主席荣毅仁的父亲，与其兄荣宗敬分别在上海、无锡等地兴建面粉厂、纺织厂，有“面粉大王”和“棉纱大王”之称。但荣老先生富而不骄、乐善好施、广散钱财，做了许多好事。从他的手书对联：“意诚言必中，心正思无邪”以及他为无锡梅园诵豳堂的题联：“发上等愿，结中等缘，享下等福；择高处立，就平处坐，向宽处行”，就可看出荣老先生宽厚仁义、雍容大度的心胸和品性。

马寅初老人，因其“新人口论”蒙冤获罪，遭受到专横无理的批判，终被革职。当他的儿子把革职一事告诉他时，他听后只是漫不经心地“噢”了一声。此后，他离开北京大学，回到嵊州老家。19年后恢复名誉，他的儿子把平反一事告诉他时，他也只是轻轻地“噢”了一声。这一声“噢”，饱含了多少屈辱和辛酸，也蕴含了多少感伤与希望。正是对世事的洞悉与省悟，对人生的感知与坚守，才使他活过了整整一个世纪！

法国马内利修女描述了开罗贫民窟穷人的生活状态：小木屋的门总是敞开，妇女多半在小巷子里，一边煮食物，一边和邻居聊天。关于男人，她们总是争论不休。的确，穷人们每天吃的都是同样的食物：蚕豆和沙拉青菜，但是在一种欢畅的气氛中一起吃米饭，还不时说着一些可追溯到远古时代的逸闻趣事，总能引发哄堂大笑。这在所谓的“已开发国家”中，拥有这种存在模式并非易事，修女感叹道，在贫民窟，人因事物的真实、相逢的欢乐而有了价值。

所以，幸福与金钱无关，快乐与贫富无关。《菜根谭》上说：“文章没有它奇，只有恰好；做人没有他异，只有本然。”这本然二字，说的不就是一个人所能够拥有的一颗平常心吗？有了一颗平常心，就能“自由自在”地活着，平心静气地活着。活得真实，活得从容，活得健康，也能活得恬然，活得美丽。

草盛豆苗稀

文 / 偌格

坚志者，功名之主也；不惰者，众善之师也。

——《抱朴子》

伦敦奥运会羽毛球男单决赛结束后，卫冕冠军林丹送给了李宗伟一个兄弟般的拥抱。林丹说："竞技体育就是这样，我们为奥运都牺牲了很多。我真的希望赛后能和他好好聚聚，不再是为比赛，而是好朋友之间的相聚。"

至此，有人给林丹和李宗伟之间的关系下了一个定义：一辈子的对手，一辈子的好朋友。

然而，就在 2013 年的 5 月 9 日，世界羽联给林丹发放了广州世锦赛外卡后不久，这位林丹的"一辈子的对手，一辈子的好朋友"李宗伟却生气了。他责问世界羽联："这是不公平的，中国已经取得了 3 个参赛席位，为何还要多给他们一席？而且一名球员可以休战 8 个月不参赛，依然能够

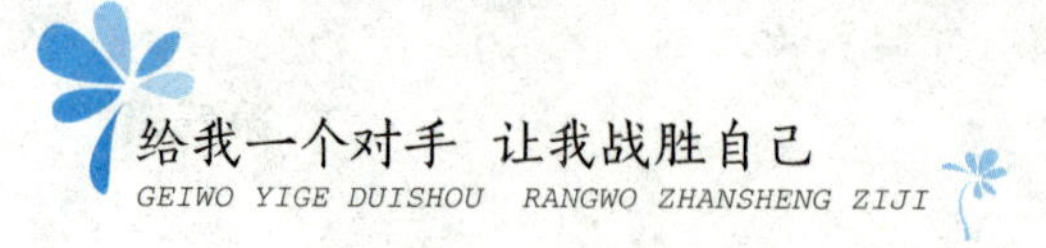

获得世界级比赛的参赛资格。”

世界羽联的回答是，他们之所以决定把外卡交予世界排名第41位的林丹，是因为他们认为，林丹的参赛可以提升世锦赛的精彩程度。

对于世界羽联这样的回答，李宗伟显然很不满意。他表示，这对其他无缘世锦赛的球员来说一点都不公平。“他（林丹）是一名轻易放弃比赛的球员，这已经不止一次发生在世界羽联的赛事中了，但他还是得到外卡。”最后李宗伟说，“（我）不愿再针对世界羽联的规则做任何评论，而且我也可以等候世界羽联为我大开方便之门。”

李宗伟为什么会对“好朋友”林丹的参赛耿耿于怀？有分析人士认为，尽管李宗伟每年拿世界羽联的各种黄金赛、超级赛冠军拿到手软，但由于林丹的存在，他始终未能加冕男单世界冠军。北京奥运会和伦敦奥运会男单决赛，他就都输给了林丹。所以，他非常不愿意在重大比赛的赛场上见到林丹，尤其是8月即将在广州举办的世锦赛，由于林丹是非种子选手，不排除在首轮就上演“左林右李”。这显然又是李宗伟所不愿看到的。

忽然想到陶渊明的一句诗——“种豆南山下，草盛豆苗稀”。豆苗，好似人生的“有用之事”，如吃饭、挣钱、事业、名利等等；而草，好似人生的“无用之事”，如田园、赏月、喝茶、读书……

人生在很大意义上，在于如何经营豆苗和草以及把握豆苗和草的比例。草是否重要，决定了人生的很多东西，比如价值取向，苦乐体验等等。按许多人的想法，见到“草盛豆苗稀”，谁都会心急火燎想立即除草，补齐豆苗。这样，豆苗就太“密”了，没了草了。欲望太多、太强了，心里就会“满”，就会密不透风。

就像林丹的参赛，对李宗伟来说，到底利大还是弊大？李宗伟心中自然有数，这也正如他所说的，“大家都想看到我和林丹的对决，这对羽毛球运动有很大帮助”，但是，这只是表面，或者是一个借口，现实的李宗伟，他看重的是豆苗，而不是草。

“草盛豆苗稀”的陶渊明，品尝到了生命深处的怡悦，嗅到了天然的、毫无杂质的馨香，开掘出了心灵里的泉眼。因为他总能喝到里面的清泉，所以即使粗茶淡饭，他也吃得滋味深长，而李宗伟呢?

越单纯、不算计，越能品尝到最本质的幸福；越算计，算无遗策，反而会把自己裹进去。真心希望李宗伟能意识到这一点：草盛豆苗稀，是一种无心之乐、无心之美。不算计，那么得失、成败，都随便。

喃东尼：先种梧桐，引来凤凰

▶ 文 / 陈诺

水激石则鸣，人激志则宏。

——秋瑾

最近，一组“友谊小船说翻就翻”的漫画火遍了朋友圈，一时，媒体圈、IT 圈、公关圈都纷纷使用“友谊的小船”造句。瞬间，“友谊的小船”驶成网络巨轮，漫画作者喃东尼成了广大网友关注的焦点，正式晋升为网红。

喃东尼出生于山东临沂的一个普通家庭里，他天性调皮好动，父母总是拿他没有法子。春日的一天，母亲带喃东尼去亲戚家串门，途经一大片黄灿灿的油菜花海，小小的他霎时被眼前的美景吸引了。他雀跃不已，要是能把这样的美景画下来，该有多好？

回到家中，喃东尼向母亲提出想学画画的想法，他的父母一合计，画画可得静得下心来，你这小捣蛋鬼哪能坐得住？然而，接下来的几天，喃东尼的表现令父母对他刮目相看。为了表达自己学画画的决心，喃东尼仿佛变了个人，他每天都站在院内的梅树下，认真观察梅树的枝叶与花蕾，有时候一站就是一个时辰。

母亲彻底投降了，她给喃东尼买了画册和工具，让儿子跟着画册学习临摹，渐渐的，家乡的河流、垂柳、山脉、小溪便落满了他童年的画布上。长大后的喃东尼慢慢明白，想要成为一个真正的画家，就必须进行专业系统的学习。

考大学那年，喃东尼一心打算拿下喜欢的专业，美术系就成了他的首选。喃东尼如愿考上当地大学的国画专业，然而，当水墨和颜料落在画纸上，成为一幅幅花鸟与风景画时，喃东尼的内心却像空了一块，仿佛有了搭错车，来到一个陌生地方的疏离感。

这日，他偶然在校外的书摊上看到了一本绘本，那是台湾漫画作家几米的《恋之风景》，喃东尼被绘本里的细腻笔触所吸引，他看见绘本上的一句话："她深深相信，他一定是在那片梦中风景里等待着她，她日复一日四处寻找……"

深夜，喃东尼难以成眠，此刻，他方才明白，他真正热爱的梦中风景是漫画创作，而不是中规中矩的国画。喃东尼想起老人们常说，要听黄莺的歌声，就要坐到黄莺的树下。可如今，他坐的方向却离他梦中的风景很远很远。

喃东尼不顾家人反对，退学回到家中，开始学习创作漫画。可是，他的这一举动却令他的父亲很是不满，好好的国画专业不学，反过来要自学草根的、难登美术殿堂的漫画，能有何前途可言？然而，喃东尼却不为所动，他相信，只要种下梧桐树，就能引来金凤凰。

在之后一年的漫画创作中，喃东尼创作出两只企鹅，黄色的叫东尼，

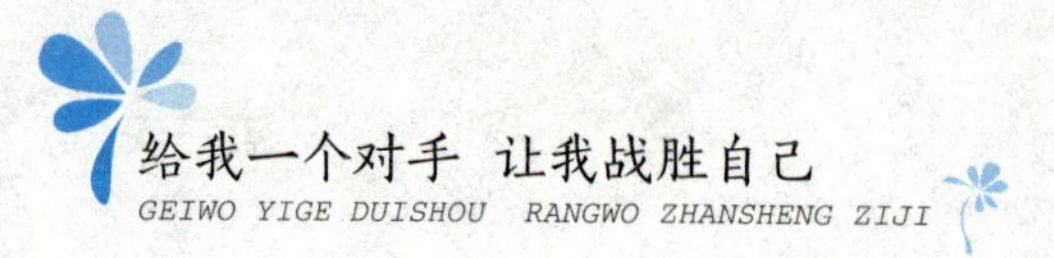

黑色的叫阿德。喃东尼把企鹅漫画发布到微博上，萌感的画风引来了图书策划编辑吴志硕的赞赏。在吴志硕的促成下，喃东尼的第一本漫画书《萌萌哒，很温馨》得以面世。2015 年 1 月，喃东尼为新书签售会来到北京，这次北京之行令他大开眼界，他决定留在北京发展，并顺利与北京一家文化公司签约成为段子手。

不久前，喃东尼偶然看到一句话——“友谊小船说翻就翻”，这句话给了他很大启发，喃东尼想，如果漫画里的那对小企鹅，有一方突然减肥成功，那另一方的反应会如何？大概会绝交吧……

于是，他迅速创作一篇名为“友谊的小船”的漫画发布在微信公众号上，没想到，当日的阅读量就突破了 1 万。第二天，喃东尼又加了 3 篇“加强版”，阅读量马上突破了 10 万，而他在微信平台发出的“友谊小船说翻就翻”完整版的阅读量，也突破了 50 万。

接着，喃东尼在微博上举行了“翻船体”大赛，他并没有想到，这次大赛掀起的二次创作的翻船体漫画，很快刷爆了朋友圈……

喃东尼在网络上爆红，媒体们纷纷发出采访邀约，却被喃东尼一一拒绝。当朋友问及，为何不趁此机会多多宣传自己，提高一些知名度呢？喃东尼说，我只想努力成为一棵安静的梧桐树，以美好的姿态扎根在梦的风景里，浅浅喜欢，深深热爱。这样，便已足够。

迁徙的梦想也会开花

文 / 筱麦

不登高山，不知天之大；不临深谷，不知地之厚也。

——荀况

如果你拥有了一家年年营利的互联网公司，你会不会把它结束掉，并且将所有积蓄全部投入到大片的荒地上，当起一个农民？当人们都向宫祥瑾投以异样的眼神时，宫祥瑾却迈着坚定的步伐，走进了家乡静海。

宫祥瑾自小就出生在静海的一个医学世家里，父母都希望他长大后继承家业，成为一名出色的医生。但宫祥瑾一直没有找到自己梦想的目标，直到读高二那年，他的好友带给他一本杂志，杂志上报道了阿里巴巴集团创始人马云的创业经历。他为马云从创办翻译社到创办互联网，两次创业都取得了巨大的成功而备受鼓舞。宫祥瑾立志要成为马云那样的创业家，做一个有梦想的人。

考大学那年，宫祥瑾瞒着父亲报考了计算机专业，等到他收到重庆邮电大学计算机专业的录取通知书时，他那一直被蒙在鼓里的父亲气坏了，放话说只要他去读计算机专业，就别想从他那儿得到一分的生活费。性格好强的宫祥瑾便立志要学出名堂来，他没有接受母亲私下塞给他的钱，独自一人到重庆邮电大学报了到。

办完所有入学手续后，宫祥瑾的口袋里仅剩一元钱，连吃饭的钱都没有。他用这一元钱去校外的食杂店买了一瓶水，与店员闲聊中得到了一个短期发放传单的工作，这下子，解决了他一个月的饭钱。眼下，除了学习，对于宫祥瑾来说最重要的是赚钱，他要赚饭钱，赚学费。

宫祥瑾在发传单的一个月里，他又找了一个卖电话卡的工作，食杂店老板见宫祥瑾勤劳肯干，便介绍一份送牛奶的工作给他。这大大缓解了他的经济压力，宫祥瑾慢慢攒了一些钱。

上大二时，由于宫祥瑾优异的学习成绩以及热心助人的性格，使他成为了重庆邮电大学学生会主席。有一天，宫祥瑾看到微信上的一则新闻：国务院总理李克强在首届世界互联网大会上指出，互联网是大众创业、万众创业的新工具。宫祥瑾陷入了沉思，也许，实现梦想的时机已经来临了。

于是，宫祥瑾跟几个好朋友讨论了一下，便带着一帮研究生搞起了互联网公司，没想到，第一次创业竟然让他赚到了“第一桶金”。他的父亲知道儿子在学校干出了大成绩，对他另眼相看，不再对他学习计算机专业抱有成见。

毕业后，他用赚的钱给父母买了房子和车。正当乡人们都羡慕着宫家父母有个会赚钱的儿子时，宫祥瑾却回到了家乡，并且把全部积蓄投进了家乡的荒地。在很多人看来，宫祥瑾已经是个成功的创业者，有一门赚钱的生意就该好好经营下去，何必回来在这片贫瘠的土地上瞎折腾？

然而，面对别人的质疑，宫祥瑾却坚定地说，我一个人赚钱不叫成功，真正的成功是有着胸怀他人的大志向，用自己的梦想去点燃他人的梦想。乡人们这才明白，宫祥瑾是想带着大家伙儿一起赚钱，但不免有人会质疑，干农活跟互联网可不一样，能不能成还得两说。

宫祥瑾破斧沉舟，有了第一次创业经验，他明白一个人的力量是有限的。于是，他先是请来几十个资深种植大户成立了“农业合作社”，之后，他又深入田间地头向当地农户请教种植技术。

就这样，宫祥瑾一个人在荒地上连吃带住半年多，运用他的互联网知识进行创新，带人建起了800亩现代化智能大棚，教当地农户种植无公害蔬果。凭着他的坚持和努力，宫祥瑾为乡人们创造了高达1200万元的纯收入，让当地农户年增收700万元，再一次成为亲友们口中的传奇人物。

记者来到静海县采访了宫祥瑾，当被问及为何会想到从一个成功的互联网创业者转到农业的领域时？宫祥瑾说，也许，在我们人生的旅途中，梦想不会一成不变，但只要我们拥有一颗坚持梦想的进取心，迁徙的梦想也会开花。

第四辑
Chapter Four
Zuimei Wenzhai
醉美文摘

慢下来，拥有灵魂深处的梵音

▶ 文 / 筱麦

会当凌绝顶，一览众山小。

——杜甫

最近，一帧名为《寻佛》的照片获得了世界艺术类摄影规模最大和最高级别摄影展的冠军，这个一直被誉为摄影界“奥斯卡”的赛事，令照片获奖者张望走进大众的视线，并且得到国际摄影界泰斗罗伯特·普雷基对作品的好评。

张望出生于佛教圣地浙江天台山，小时候他生性内向，即使是参加学校的集体活动，他也极少言语，这令他的母亲很是担忧。有一回，他参加课外活动时远远遥望风景，远处开满玫红的杜鹃，在层次丰富的绿野间，隐约望见殿阁屋角，他的心顿时变得很静很静。那之后，每逢遇到烦心事，他总喜欢遥望远山、绿野、流水，看落樱飞落、听暮钟梵音，日子，渐渐有了阳光。

大学毕业后，他如愿进了一家设计公司工作，他勤劳肯干，新颖的设计创意令他在设计行业名气渐长，没过几年，他已经连升几级，成为集团公司的设计总监。他渐渐拥有名誉和地位，生活也变得更加丰富多彩，他开始参加各种应酬，忙碌的工作和生活将他的时间填满，他越来越发现，当他拥有外在的东西越多，内心就越不快乐。

一天，好友约他上山散心，他带着相机踏进天台山佛学院。山间有些凉意，两人在苍寒的石阶上一块块地往上走，在庙宇中，屋角的铃、树间的光、空气的微尘、灵魂的梵音，这一切的美好在他的镜头里定格。他的心一下子跌落在庙宇的静美中，在万籁寂静中绽开生命的诗意。

夜晚，他借宿庙中，与法师饮茶对奕，法师的一句话点醒了他："人生就如下棋，前进有时，却也要学会后退。"第二天一早，庙宇的木鱼声刚刚响起，他就拉着好友下山。走到人生的这个节点，他终于明白，生活需要慢下来，透过外在的力量，去觉察内心的需求。回到公司后他做了一个决定，辞职，上山去过简单的生活。

他再次踏上天台山佛学院，并接受佛学院邀请为寺庙拍摄照片和存档资料。他亦步亦趋地跟在僧侣后面，不论严寒酷暑，朝晴夕雨。在他的镜头下，有庄严肃穆的佛像、有虔诚朝拜的僧人、有清幽古朴的寺庙、有礼佛祈福的善男信女。

三年的时光一晃过去，他同法师们一同打坐参禅，听高僧论道，远离尘世的喧嚣，心也变得宁静澄透。他在天台山拍摄的一系列照片不仅在摄影圈里火了起来，还有商人找上门来，想与他进行商务合作。然而，这并不是张望想要的，他决定继续进入寺庙拍摄，这一次，他来到了灵隐寺。

他如饥似渴地拍摄僧侣们生活的每个瞬间，僧侣们打坐、放生、剃度甚至圆寂，一生的过往都在他的镜头里有所记录。他开始博览佛教典籍，跟随法师禅修静坐，修炼一份莲花心境。他拍的一组灵隐寺照片得到日本著名摄影家高桥亚弥子的赞赏，很快，张望从默默无闻的摄影师变成了网络红人。

2012年12月，张望因佛教摄影艺术的成就，受邀赴联合国总部举办“佛的足迹”摄影展，2013年5月，“佛的足迹”入选联合国教科文组织的“世界文化大会”展览，一时间张望声名大噪，作品名扬天下。

有人说，花9年的时间只为拍摄一辑照片，做一件不知道结果的事情，会不会太傻？张望回答说：“佛性就是不问结果，不辞辛苦，没有功利色彩，没有情绪起伏，就像叶子飘落湖面一般平静。”

在尘世中，我们脚步匆匆，唯恐来不及，害怕不成功。可是，当我们受到美好事物的感召时，就会懂得慢下来，修心修行，从而拥有灵魂深处的梵音。

追逐一抹生命的亮色

文 / 筱麦

雄心壮志是茫茫黑夜中的北斗星。

——勃朗宁

黄昏，不知名的鸟儿推开云朵的织锦飞向蓝橘色的天空，阳光慵懒地洒落在村庄的屋檐上，屋檐下的草丛里淡淡散发着青草的香甜，山村渐渐沉静下来。他望了一眼天边坠着的一枚红果子，转身回屋，摊开桌前的一幅星空图。

眼前这幅星空图上落着芝麻大的小黑点，而正是这不起眼的小黑点里，绘制着由金牛座、双子座、猎户座等上千颗大小不一密密麻麻的星球。令人无法想像的是，这张图纸上星星的大小、坐标等，都是他按照星空的实际情况来绘制的。

看过他绘制星空图的人，总难免会为这种比刺绣还要复杂的手工而称赞不已，但绘图并不是他的专业，而让他静下心来仰望星空，追逐生命的这一抹亮色，全部源自于他儿时的梦想。

他出生于武汉黄陂的一个小山村里，童年的山村，天是蓝的，水也是蓝的，河里游着小鱼小虾，花朵一朵接一朵开着。夏天的夜晚，他躺在竹床上看满天繁星，缠着母亲讲星河的故事，不知为何，母亲讲的故事，他总也听不腻。有时候，他悄悄爬上屋顶望着静谧的星空，天上的星星对着他一眨一眨的，令他隐隐憧憬着遥远天际那一方闪烁的光芒。

读高中的时候，要好的同学总是抱怨数学的枯燥，而他却笑着说："微积分可以运用于计算天体运动，多么有趣！"别人在偷懒玩乐的时候，他却在宿舍里用功，那时候，他一心想考上自己喜欢的天文专业。可是他的父母却不同意他的选择，希望他以后能找一个有出路的工作，他不得不放弃而选择了经济管理专业。

很快面临着毕业，他知道，顺从父母对他的期待，大学毕业后，他会找一家公司过着平淡的日子，但平淡的日子无法让自己迸发出生命的激情。他恍惚预见了自己平庸的一生，他为隐藏在内心的惶惑而感到绝望与焦躁，命运的方向在哪里，如何才能在这重重的焦躁里冲出重围？

他的死党见他心情郁闷便约他一起去看一场油画展，在画展中他看见了梵高的《星空》。画中山谷里的小村庄，在尖顶教堂的保护之下安然栖息；宇宙里所有的恒星和行星在"最后的审判"中旋转着、爆发着。他久久站立在油画前，画面上深蓝的星空令他不能自已，画作上写着一行灰色小字："如果我不能按照自己愿意的方式去画画，那样活下去多没意思啊。"他知道这是梵高在创作低谷期说的一句话，这句话让他下了决心要找回儿时的梦想，做一个坚定幸福的人。

2005 年，从中南民大经济管理专业毕业后，他毫不犹豫学习了天文望远镜的相关知识，工作之余就到周边山区观测星空。父母见他有一份稳定的工作也就不加阻拦，没想到几年之后，当他攒够了钱后就毅然辞职了。他的母亲听到这个消息后气得好几天没有理他，他却坚定地说：“妈，我要把儿时的兴趣发展成一生的事业，你一定要支持我。”

2010 年，他打造了自己的工作室并且开始去全国各地“追星”。为了看到纯粹的星空，他一个人爬上位于云南的哈里雪山。可是，没有经验的他徒手攀爬的结果就是把双手都磨得起泡，有几次甚至还掉进被雪掩埋一米多深的缝隙里。而这时，他抬头望着星空便想起了毛姆在《月亮与六便士》里的一句话：“满地都是六便士，他却抬头看见了月亮。”是的，梦想就是他的月亮，也是他追逐生命中的一抹亮色，正是这抹亮色让他发光发热，让他忘记一路的疲惫和艰险，最终抵达他想去的方向。

三个月后，他徒步两天在虎跳峡边走了 40 多公里，在三江并流的峡谷间，当他抬头仰望时，头顶银河如同身畔的江流一样奔腾而去。为了拍一幅满意的月亮照片，他用了整整四年的时间，等待满月晚上的好天气，他数十次拖着设备赶往山区，在按下 4000 次快门后，终于拍下美轮美奂的满月。

他的名字叫熊玉雷。历经了十年，他投入了无尽的时间和精力去追逐，当记者问他这么辛苦去追逐值不值得？他这么回答记者：“生命是一个播种的季节，收获的不在于值不值得，而在于去做自己最想做的事，放下浮躁喂养自己的心灵。这就是我看待生活的意义，对我来说，这是最美的生活。”

是的，最美的生活不是高官厚禄、有车有房，也不是名利地位，而是当我们把欲望放得低一点再低一点，与内在欢喜的情愫对视，让生命在星空的静谧中绽放光芒的那一刻。

武岩纸贵

▶ 文 / 燕子南飞

人若有志，万事可为。

——斯迈尔斯

少年酷爱书法，自幼练习，到了十四五岁的时候，书法水平就已能达到为他人撰写碑文了。为提高书艺，少年决定拜访名师，母亲很快就在城外一个深山的古庙里访得一位世外高人。母亲回来告诉他，此人，须发已白，然而精神矍铄、神采飞扬、气度不凡，书艺更是卓尔不群。少年一颗求知若渴的心就跟随母亲的描绘飞向了远方。

少年决定亲自去拜访大师，带上自己的作品，在母亲的叮咛声中，独自上路了。一路跋涉，在深山古庙里，他终于见到了传说中的老人——武岩法师。

他向法师问好，简单说明来意，又将自己的作品送给法师看。

法师只瞟了一眼，就将他的作品推到一边，毫不客气地说：“你还不会写字，回去吧，好好练练再来。”少年听后泪水几乎就要涌出来，他那颗孤傲的心一下子就破碎了。

虽然有些伤心和失落，但少年很快就振奋了精神——这件事情更激发了他拜师学艺的强烈决心。于是，他恳求法师再考虑考虑。

老法师思忖了一下，终于松口了：“你要拜我为师，可以，不过，有一个条件。”

“什么条件？”少年急切地问。

“你到我这儿学字，笔墨我来供应，不过，纸钱由你来出。”老法师顿了一下，进一步解释说：“你的纸张不行，写字要用好纸，用宣纸。”

少年高兴得点点头，心想，不过一毛二一张的宣纸，咬咬牙，家里还是供得起的。正在他得意的时候，老法师似乎看透了他的心思，又说话了：“一毛二的纸张不行，你就用我的吧，我的宣纸好，五块钱一张。每次来，记住带钱来。”

法师的话把少年惊得张口结舌说不出话来。少年在心里默默琢磨，两块钱一袋面粉，五块钱就是我们家两个月的生活费呀！

回去的路上，少年都忐忑不安，异常矛盾——如果就此放弃，他就错过了一次绝好的学习机会；可是，学下去，家里怎么能够承受得起这么高的学费呢？这样的学习代价实在是太大了。

夜里，少年和母亲合计一宿终于想出一个折中的办法——只去两次，摸摸窍门儿，毕竟老和尚轻易不收徒。

不久后的一天，少年拿到了家里省吃俭用积攒下来的五元钱上路了，一路上，少年都在盘算着如何将老和尚的手艺学到手。

到了古庙，老法师收了钱后就开始教学。老法师说，今天，我们只学一个字。看好了，我只写一遍，不写第二遍。于是，少年聚精会神地看

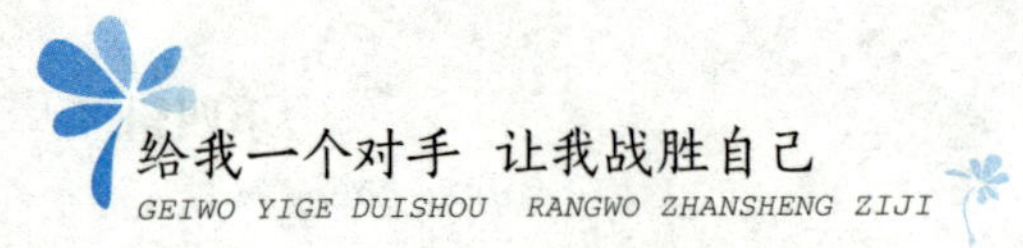

着，生怕遗漏任何一个重要的细节。只见老法师轻轻蘸笔，缓缓落下，眨眼的功夫，一个端庄秀美的汉字就跃然纸上。

写完后，老法师起身从书架上取出一张纸，对折成六等份，裁开，取出一张，交给少年，说，去那边练写吧。

少年接过纸张大呼上当——这张宣纸和外面一毛二的并没什么两样，而且还只是它的六分之一。少年有气，嘴上却不敢说，只得老老实实地坐在一旁写。

但，此后，少年才发觉，刚才观看老法师写字的时间是那么的短暂。他握笔许久，手心都沁出了汗，横比画竖比画，就是没敢落笔——这一落笔，五块钱可就没了。过了一会儿，老法师走过来看他，发现他还没有写，就骂他，你母亲让你来写字，你怎么不写呀？今天的授课时间马上就到了。告诉你，只能在这儿写，回家可不许写呀！

你说不许写，我就不写了！少年飞奔往家赶，一路上都在回想老师写字时的样子，思索老师写字的要决。

少年跨门一到家，就抑制不住激动的心情，找来纸笔开始写。一落笔，立刻惊住——这是怎么回事儿？怎么和老和尚写得一模一样？端详半天，又觉得这一笔那一笔又都不像了。为了验证自己的想法，他又开始盼望着下一次学习时间的早点到来。

第二次再去的时候，少年已经顾不上那五块钱学费是怎样来的。飞奔而去，一到古庙，他就迫不及待地让老法师再写一次，以便对照来验证自己的想法。当法师把字写出来后，记忆中迷惘的地方，一下子豁然开朗了。当少年等一切了然于胸再轻轻落笔时，一个端庄有力的字跃然纸上，兴奋得少年忙拿去让法师看。

少年被法师的教学方法彻底征服了，他决定跟随法师学习书法。

虽然，每次都是五块钱的学费，但少年再也不想这个问题了。一晃半年过去后，少年从老法师那里学习了篆、隶、楷、行、方、圆、正、侧各种笔法，还阅览了中国书法的各种风格流派及其笔法奥妙。最后，老法师把他叫到身边，说："你学书已成，下山吧。"少年下山后，老法师便飘然离去，云游四海了。

后来，少年是从母亲口中得知所有真相的，原来第一次交的五块钱学费，第二天就被法师偷偷送了回来。半年时间，老法师根本没有收一分钱，只是那五块钱在三个人手中辗转往复着。

文中的那位少年，多年以后成为了一位书法大家，他就是当代大书法家欧阳中石。

功成名就之后的欧阳中石，回首往事，不无感慨地说："我的这位老师，不但书法好，而且懂得教学——轻易得到的东西，人们往往不珍惜，对学习机会也一样。"他说正是武岩法师的五块钱"学费"，给他施加了压力，激发他的学习热情，才使他学习东西来很快。这对他一生受益无穷，他一辈子都感激他。

原来成就了一代书法巨匠的，只不过是一个"惜"字而已。

你并非无可替代

文 / 牧歌

贫而懒惰乃真穷，贱而无志乃真贱。

——罗丹

你若问 2011 年电视荧屏里最红的女演员是谁，一定会有人说，非杨幂莫属。的确，这个 85 后女演员，这一年收获颇丰，火爆荧屏，在多部电视剧和电影里频频露相，霸占着全国各大卫视的黄金时间，还在电影院和流行音乐界抢得一席之地。

2011 年，由杨幂主演的穿越剧《宫》开播后就一直稳居中国同时段收视率第一，并屡创新高。戏内晴川与八阿哥的感情纠葛牵动人心，戏外晴川的扮演者杨幂也因此被大众所喜爱。

凭借此剧中的出色表演，杨幂首次上榜 2011 年福布斯中国名人榜，排名第 92 位。而且还入围第 17 届上海电视节“白玉兰奖”最佳女演员，并拿下“最具人气女演员”奖。由杨幂演唱的《宫》主题曲《爱的供养》

也在网上广泛流传，登上各大视听网站的冠军位置，得到粉丝的喜爱。

2011 年 6 月 25 日，在第四届中国网络影响力颁布盛典中，杨幂入选“中国网络影响力 2010 年十大影视演员”。此外她还拿下了北京电视台文娱十年影响力盛典“最佳新秀人气奖”、2011 年搜狐视频电视剧盛典“最具网络人气女演员”等。一年里，杨幂大大小小拿了十几个大奖。

2011 年 7 月 8 日，由杨幂主演的惊悚电影《孤岛惊魂》联合万达院线全国 59 家影院启动了大规模午夜首映，好评如潮，业绩不俗。随即，杨幂在香港签约少城时代，并加盟环球音乐，正式进军歌坛。

这一年，大家对她的认可程度和喜爱程度超乎她的想象，连她自己都说，我火了，所到之地，到处是一片杨幂杨幂的呼喊声。原来，常常有人说你这不对那不好，现在什么都是好的了……

这个“火”可谓是一塌糊涂，因此就有人说她是一夜成名，有人说她是运气好。但是，最清楚的还是她自己，在一次节目访谈中，她公开谈到了这样一件事情。

那是 2005 年刚在上北京电影学院的时候，有一段时间，她总是无所事事地闲玩。要么躲在宿舍里闲聊要么拉朋友逛街，几乎荒废了学业，对待学习一点也不在乎，也懒得拍戏，整日沉醉在过去的名气里混混沌沌地过日子。当时，大家都羡慕她是小有名气的明星，因此做什么活动都把她抬举得高高的。为此，有很长一段时间，在她内心深处总以为自己是无可替代的。

每每想起自己的过去，她就充满自豪：4 岁时出演《唐明皇》里的咸宜公主；5 岁时在香港电影《武状元苏乞儿》中饰演苏灿（周星驰饰演）的女儿；6 岁时与六小龄童合作主演《猴娃》；15 岁时做起了杂志模特；16 岁签入荣信达公司；18 岁时接演《神雕侠侣》里的郭襄一角广受赞誉……就这样匆匆半年而过，她几乎一无所获，当大家快要将她遗忘时她才猛然惊醒：原来不努力，谁都可以被时代潮流赶下去的——自己并不是那个无可替代的人，不努力谁都不会是无可替代的。

醒悟后的她，一改旧态，振奋精神，开始勤奋学习和勤奋工作。上学期间和毕业后，她都是马不停蹄地接戏，玩了命地演戏，被圈儿里人赞为“拼命三娘”。由此，她的表演生涯开启新的篇章，在 2009 年 4 月的“80 后新生代娱乐大明星”评选活动中，杨幂成为内地新“四小花旦”，与黄圣依、王珞丹以及刘亦菲并驾齐驱。

2010 年，仅仅一年时间，杨幂就接拍了《十二生肖传奇》《洪武大案》《京城四少》《我们同是一家人》和《宫》等 5 部电视连续剧，还参演了《孤岛惊魂》和《人鱼帝国》等 2 部电影，并拍摄了多部广告。专注的精神，超人的付出，密集的曝光，这才成就了 2011 年红透荧屏的杨幂。

没有人能够随随便便成功，世上也不存在什么一夜成名。成名后的杨幂，更加珍惜每一次机会，总是在努力中追寻成功。台上专注的身影，台下匆忙的身影和疲惫的背影，是她对成功的最好诠释。

不是天才就做地才

文 / 牧歌

如果一个人不知道他要驶向哪里，那么任何风都不是顺风。

——塞涅卡

2008 年春，蔡依林在北京举行“唯舞独尊”个人演唱会，之后不久，她又推出了一张名为《蔡依林——地才唯舞独尊演唱会纪实》的专辑。该专辑收录了演唱会中的 9 首经典歌曲，以及一些台前幕后不为人知的花絮。正是这张专辑，让众多歌迷看到了蔡依林荣耀与光鲜背后鲜为人知的艰辛与努力，也让歌迷了解到她独特的“地才”人生观。

后来，在北京接受新浪专访的时候，主持人问她，专辑的名字前为什么要冠以“地才”，是不是说和天才相反，“地才”要经过许多艰辛与努力才能成功呢？坐在旁边的她，不语，只是微笑着点点头。

蔡依林的努力在歌坛是众所周之的，圈里就有人称她是“拼命三郎”“歌坛劳模”，连身边的工作人员也说她有时候简直就是个疯子，无论公司提出什么样的要求她都能做到。其实，在进歌坛之前，她的舞蹈跳得并不好，手脚极不协调，韵律感也不是很强，一只舞跳下来总是洋相百出。可就是这样一只“丑小鸭”，靠个人的不懈努力长成了今天美丽的“白天鹅”。

每次出新专辑，她都要主动学习新的东西。为配合音乐的形式，除了练习常规的舞蹈外，她还学会了瑜伽、艺术体操、鞍马、钢管舞。在新专辑《爱情任务》中，她再次挑战极限，学跳“无重力彩带舞”。这种舞蹈，对表演者的要求是很高的，许多人都是从小开始练习的，而她仅仅用了3天，就学得有模有样。

为了让MV效果更加绚丽多彩，回到家的她并没有休息，而是天天练习倒立，让双手支撑起自己的全身，直到筋疲力尽方才罢休。练习这种舞蹈，需要表演者在空中不停地转来转去。许多次她都从空中掉下来晕倒了，醒来后，她推开众人，不顾大家的好心相劝，又开始了新的练习。

这次的“唯舞独尊”演唱会其实只有两个多小时，而她却为此准备了三个多月。首场演唱会那天晚上，她尽情地歌唱跳舞，台下的歌迷为之疯狂。当演唱会结束后，她累得蹲在舞台上一动不动，嘴里直喊腿软。之后，没有休息的她，又强撑着把首场演唱会侧录的DVD看完，仔细查找舞台上的任何一个细小纰漏，以便下一场改进，直到凌晨才昏昏沉沉地睡去。

第二天清晨，她早早起床开始排练，彩排时，她再度尝试表演鞍马。由于体力不支，所做的动作失败了，筋疲力尽的她，双手不停颤抖。但晚上正式演出时，她却拼劲全力完美地完成了鞍马动作。那晚，她身着舞衣，像一只美丽的蝴蝶，轻盈无比，在鞍马上翩翩起舞……最后，当她轻巧落地的一刹那，台下的歌迷欢呼声四起。而台上的她，泪水盈眶，激动不已。

她完美出色的演出，最终获得了歌迷的一致好评。她是一个“地才”成功的榜样。

在她的人生哲学中，有这样一句话她一直坚守——“努力突破自己，人生没有盲点。”生活与工作中的她每天都在思考，可不可以再进步？早些年，在接受台湾《联合晚报》专访时，她曾这样说：“从小就知道‘人外有人’，大家都想做天才，但没有那么多的天才，要当第一并不容易，得非常努力。我不懂那些因困难而中断梦想的人在想什么，我从不知道放弃的感觉是什么！”的确如此，她之后走的路证明了这一切——她始终那么勤奋与努力，从不言弃。

在她的“唯舞独尊”演唱会 VCR 中有这样一段文字：有一些天才，因为骄傲自满会半途就黯淡无光；有一些“地才”却会不惜把力气花光下苦功，让自己变得与众不同，成为经典传奇。原来只要坚持，天才和地才没什么差别！

请打开你身前的门

文/牧歌

志气这东西是能传染的，那些在你周围不断向上奋发的人的胜利，会鼓励激发你作更艰苦的奋斗，以求达到如像他们所做的样子。

——斯蒂文

在美国德克萨斯州丹尼森市的一个贫民家庭，有一个贫穷的小男孩儿名叫艾克。小艾克兄弟六个，上有两个哥哥下有三个弟弟。家里除了勉强果腹的食物与御寒的衣服以及一些简单的日常用品外，一无所有。

贫困的家境，曾经很长一段时间，让他们全家人生活在饥寒交迫的困境之中。那时，美国国内战事不断，世界第一次大战的硝烟还在四处弥漫。在小艾克心中，将来能够成为一名领军打仗、威风八面的将军，成了他少年时代最伟大的理想。后来，当他把这个理想悄悄告诉给他的舅舅后，竟然得到了舅舅一片赞许。

那时，上了学的小艾克，最大的爱好就是每个周末能到舅舅的家里听博学多才的舅舅讲故事。舅舅懂得很多知识，每次到来，总会给他别样的惊喜。小艾克喜欢让舅舅将那些伟人的励志故事讲给他听，每次讲的时候，小艾克都听得津津有味，格外认真。看着小艾克专注的样子，舅舅讲完故事后总会很开心地笑笑，然后夸赞他一番。这时，小艾克就会叫嚷着让舅舅再讲一个给他听。

小艾克深深迷恋上了舅舅的故事，几乎每个周末都要步行很远到舅舅家，缠着舅舅给他讲故事。在那里，他学到了许多课本上没有的知识。

一个周末的早晨，小艾克又早早起床步行来到舅舅的住所，轻轻叩开了舅舅家的门。舅舅很高兴地迎出来，把他迎进屋后，让他先坐下休息，然后就很随意地和他搭讪：“今天是不是又没有事情可做了？又来求舅舅给你讲故事？”

舅舅的话一出口，小艾克的脸腾地就红了，紧接着连头都羞愧地垂了下来。看着小艾克奇怪的样子，舅舅知道小艾克肚子里一定藏着什么事情，就走过来，抚摩着他的头，温和地说：“艾克，今天究竟是怎么了？”

沉默了许久后，小艾克才慢慢地抬起头，向舅舅交代：今天，学校要组织学生进行军训，因为自己不喜欢，所以早早逃了出来。

舅舅看着小艾克诚实的样子，并没有大发雷霆，甚至连一丝不高兴的样子也没有表露出来。他沉默了一会儿，就像什么事情都没发生那样，继续给他讲故事。下午的时候，舅舅还带着他一块儿到乡下的老家玩儿。

第二天清晨，小艾克随舅舅一起醒来，一块儿起床。奇怪的是，小艾克发现舅舅起床后，并没有去刷牙洗脸，而是推开门跑到了院子里。

在舅舅的要求下，带着疑惑与不解，小艾克也跟随舅舅来到了院子里。舅舅究竟要做什么呢？小艾克好奇地看着他，想弄明白。这时，他看见舅舅开始在院子里跑来跑去，累得气喘吁吁。舅舅所做的唯一一件事情，就是将院子里所有的门，一一打开。

小艾克看着看着，心里诧异极了。

当所有的门都被打开后，舅舅才用手撸了撸额头的汗水走过来。舅舅很认真地对他说，你知道吗，这是我每天必做的第一个功课。几十年来，从未间断，正是因为这样，我才一点点进步，取得了今天这样辉煌的成就。

说到这里，舅舅忽然停了下来，目光炯炯地盯着小艾克问："你知道这是为什么吗？"

小艾克把头摇得像拨浪鼓。看着小艾克一知半解，急切探询的样子，舅舅就微笑着说："打开你身前的门，其实是每个人每天必做的事情。只有你打开了你身前的这扇门，你才会发现，新的一天已经来到，前面又是光明一片。无论之前你是成功还是失败，你都和别人一样——重新站在一个新的位置上，所有人的机会都是平等的。于是，你才会深知，只要坚持走下去，前面还是你的广阔天地。"

舅舅的话让小艾克恍然大悟，收获颇丰。

此后，小艾克再也没有逃避过军训。后来，他也像舅舅那样，养成了这个习惯——学会每天起床后，第一件事情就是从容地打开身前所有的门。舅舅的这番话，激励着他在人生的道路上，向前，向前，永不满足，永不放弃。后来他果真实现了儿时的梦想，成了美国的将军，还连任了两届总统。

多年以后，他对舅舅的那番话语有了更加深刻的理解。在他看来，打开你身前的门，不仅仅是一种生活习惯，更是一种人生智慧——放下心中过去的包袱，勇敢走向未来。

这个贫穷的小艾克，就是后来叱咤风云、赫赫有名的"二战英雄"，美国"五星上将"，第 34 任总统——德怀特·戴维·艾森豪威尔。

自卑到自信的温度

▶ 文 / 烛光晚车

让自己的内心藏着一条巨龙，既是一种苦刑，也是一种乐趣。

——雨果

小女孩戴维一向内向、腼腆，生得像个丑小鸭，在整个年级里，她是最不引人注目的角色。她总是坐在不起眼的角落里，任凭自卑像冬日的梅花一样飘落天际。

戴维那一日遇到了父亲的好朋友列子叔叔，说起自己的遭遇，她痛不欲生。列子叔叔十分同情她的遭遇，他审视了戴维后，对她说道：要想摆脱自卑心理，你需要一些人的帮助。你要记住，这世界上的事情，一个人是无法完成的，哪怕这是一个人自身的问题。

接下来，列子叔叔将戴维领到了一个服装设计师面前，设计师从头到脚认真打量了戴维。他为小女孩设计了一套服装，一套十分可人的学生装束，穿上这样的服装，保证她可以变成一只白天鹅。

发型设计师也站在戴维面前，她的脸上尽是笑容，听了小女孩的痛苦倾诉后，她笑着说道：一个人的发型，是一个人的符号，美丽而合适的发型，可以让你充满自信。她为戴维设计了一款淑女型的头型，再穿上设计好的服装，戴维一下子变成了公主，走在大街上，无论是谁都会驻足亲切地观看。

列子叔叔提醒她：这还不够，别人帮助了你，你也要学会帮助别人，自信是来源于别人对你的肯定，而帮助别人是提升自己快乐程度的主要手段。

戴维到学校后，认真地帮助别人，总是去做别人不喜欢做的事情，遇到有困难的学生，她总是倾囊相助。在大街上，她也成了义务兵，搀扶老人过马路，帮助乞丐度过难关，去养老院看望老人。渐渐的，她成了众人眼里的佼佼者。

不仅如此，她还认真地参与学校组织的各种活动，不管什么比赛，她都积极报名参加。躲在角落里的戴维，这时像极了一朵花，大家都无法逃避她的角色。老师也喜欢提问她，她站起来彬彬有礼的姿态让人充满了艳羡。

年末的作文大赛上，戴维获得了重要参与奖，在她的作文中，她这样写道：自卑到自信的过程，充满了温度与温暖，就像一只手到另一只手的延伸，人人都需要帮助，而人人都要学会帮助别人。

总有一把钥匙属于自己

文／烛光晚车

如果不献身给一个伟大的理想，生命就是毫无意义的。

——何塞·黎萨尔

19世纪末的美国洛杉矶，有一位伯兰先生，他是当地首屈一指的富翁、慈善家，许多人都敬重他，以他的财产和豪宅为毕生追求的目标。

一天傍晚，伯兰先生在自家的门口发现一个衣衫褴褛的年轻人，他就缩在院墙的一角。当伯兰先生看到他时，他正在数天上若隐若现的星星，伯兰先生问：年轻人，你在做什么？年轻人回答他：我在数星星，有多少星星就有多少梦想。

伯兰先生笑了，他继续问：那么，你的梦想是什么？

实不相瞒，先生，我最大的梦想就是拥有一所豪华的房间，拥有一张超过自己身体两倍的大床，让我美妙地睡上一觉。他说着，眼睛里流露出无限渴望。

热衷于慈善事业的伯兰立即答应了他的要求，他领着他来到自己的豪宅里，将一把钥匙交给他，并且告诉他房间的位置。他说今晚你就是这所房间的主人，说完，他充满爱心地走开了。

第二天早晨，伯兰先生过来看望他时，却发现钥匙放在窗台上，房间并没有被打开的痕迹，里面的物件整齐有序地维持着原来的样子，也就是说，那个年轻人根本没进房间。他诧异地想了想，忽然间他想到了这间房的锁是保险锁，除了用钥匙外，还需要输进密码才能打开。昨晚，由于疏忽，他竟然忘记了告诉他开门的方法，他为此后悔不迭，出门寻找时，年轻人早已不知去向。

之后的几天，伯兰先生一直在为自己的疏忽感到遗憾，由于自己的大意，他破坏了一个年轻人毕生的梦想。而这些，不是用金钱可以换取的，他最终都没能找到年轻人的下落。

十年后的一天，华盛顿郊区有一位富翁给伯兰先生来了一封信，请他去自己的豪宅参加一场别开生面的酒会。他感到很纳闷，自己在华盛顿地区并没有几个朋友，于是，他怀着一种好奇心驱车前往目的地。

酒会上，一位中年富翁正在招待大家，当伯兰先生到达时，中年人迎上前来，热情洋溢地拥抱伯兰，中年人说，伯兰先生，你还记得十年前你家门前的那个年轻人吗？

伯兰先生努力搜索着记忆，当他终于明白面前的中年人就是那晚的年轻人时，他一脸愧疚地握着他的手说道：对不起，先生，当时我确实疏忽了！

不，伯兰先生，我要特别感谢你，当我将钥匙插进门锁时，无论我怎么努力，我都无法打开通往理想的大门，我只能隔着窗户欣赏着里面的美景。后来，我终于想明白了，这把钥匙是不适合我的，如果我能够如愿以偿地进入房间里面，那么，我会瞬间失去梦想，终日生活在安逸的牢笼里。庆幸的是，不能打开房门的钥匙使我明白，那些荣华和富丽并不属于我，我没有资格去得到它们。从那时起，我就告诫自己：梦想仍在延续，总会有一把钥匙属于自己。

年轻人名叫格桑，通过近十年的努力，他已经成为华盛顿地区最富有的大亨。

现在，让我们共同干杯，为我们的梦想和友谊干杯！伯兰和格桑的酒杯碰在一起。

是的，总有一把钥匙属于自己，有了它，我们就可以解除阻碍我们前行的任何障碍，引领我们走进梦寐以求的理想之门、智慧之门和成功之门。

舍弃是一种智慧

▶ 文 / 一羽

灵感并不是在逻辑思考的延长线上产生，而是在破除逻辑或常识的地方才能出现。

——爱因斯坦

杨振宁没有“遗传”他当数学教授的父亲的数学基因，他喜欢物理，而且想成为一个实验物理学家。1943年杨振宁赴美国留学时，就立志要写一篇实验物理论文。1946年，杨振宁进入芝加哥大学费米主持的研究生班，希望能在费米的指导下写篇实验论文。

当时，费米正忙于在阿贡国家实验室从事军事技术研究。像杨振宁这样初到美国的中国人，是不可能随便进入阿贡实验室的。于是费米建议杨振宁先跟泰勒做些理论研究，实验可以到艾里逊的实验室去做。

艾里逊是芝加哥大学物理系的一名教授，当时正准备建造一台40万电子伏特的加速器，这在当时是最先进的。在费米的推荐下，杨振宁成为艾里逊的6名研究生之一。然而，在实验室工作的近20个月中，杨振宁的物理实验进行得非常不顺利，做实验时常常发生爆炸。以至于当时实验室里流传着这样一句笑话：哪里有爆炸，哪里就有杨振宁。此时，杨振宁不得不痛苦地承认，自己的动手能力比别人差！

一天，一直在关注着杨振宁、被誉为美国氢弹之父的泰勒博士，关切地问杨振宁："你做的实验是不是不大成功？"

"是的。"面对令人尊敬的前辈，杨振宁诚恳地说。

"我认为你不必坚持一定要写一篇实验论文，你已经写了一篇理论论文。我建议你把它充实一下作为博士论文，我可以做你的导师。"泰勒直率地对杨振宁说。

杨振宁听了泰勒的话，心情十分复杂。一方面，他从心底深处感到自己做实验确实力不从心；另一方面，他又不甘服输，非常希望通过写一篇实验论文来弥补自己实验能力的不足。他十分感谢泰勒的关怀，但要他下放弃写实验论文的念头实实在在不是一件容易的事。

"我想考虑一下，两天后再告诉你。"杨振宁恳切地说。

杨振宁认真地思考了两天，他想起在厦门上小学时的一件事。有一次上手工课，杨振宁兴致勃勃地捏制了一只小鸡，拿回家给爸爸妈妈看。爸妈看了笑着说："很好，很好，是一段藕吧？"往事一件接一件地在他的脑海浮现，他不得不承认，自己的动手能力实在不强。

最终，杨振宁接受了泰勒的建议，放弃写实验论文的打算。从此，他如释重负，毅然把主攻方向转入理论物理研究，最终于1957年10月与李政道联手摘取了该年的诺贝尔物理学奖，成为迄今惟一持中国护照问鼎诺贝尔物理学奖的炎黄子孙。

是的，有时候放弃是十分困难的，甚至是十分痛苦的。适时地放弃，不仅需要勇气和胆识，更需要远见和智慧。人生之树，只有舍弃空想与浮华，才能撷取丰硕甜美的果实。

不为荣誉所累

▶ 文 / 佳峰

不因幸运而固步自封，不因厄运而一蹶不振。真正的强者，善于从顺境中找到阴影，从逆境中找到光亮，时时校准自己前进的目标。

——易卜生

1610 年，意大利数学家及天文学家伽利略发现了木星周围的卫星，这是天文学史上的重大发现。但在当时，当权者大多忙于争权夺利，没人能重视科学研究。

伽利略因为没有充足的资金做继续的研究而苦恼。可是，在当时情况下，想从王公贵族手中得到充足的资金简直是天方夜谭，因此伽利略陷入进退两难的窘境之中。

此时伽利略想到了当时最大的权力家族麦迪西家族，于是他把这个发现告知了这个当时最有权力的家族。伽利略在寇西默二世登基时同时宣布，自己在望远镜中看见一颗明亮的星星（木星）出现在夜空上。他表示卫星有 4 颗星星，代表了寇西默二世与其三个兄弟。而卫星环绕木星运行，就如同这 4 名儿子围绕王朝的创立者寇西默一世一样。

在将这项发现呈献给麦迪西家族的同时，伽利略又委托他人制作了一枚徽章——天神朱比特坐在云端之上，4 颗星星围绕着他。徽章献给二世，象征他和天上所有星星的关系。

寇西默二世获得这巨大荣誉后很是高兴，他立即任命伽利略为其宫廷哲学家和数学家，并给予全新的待遇。这意味着伽利略有良好的物质条件从事研究了，这样，伽利略四处乞求的日子终于结束了。

伽利略非常清楚地了解贵族们的喜好——荣耀，并且恰到好处地利用了贵族们的这项喜好。因此，他把自己的发现与贵族的名字联系起来，把荣耀送给贵族，解除了自己的困境，从而打开了通往成功天堂的大门。

诚然，荣誉是光灿夺目的，人人都非常羡慕并渴望拥有。但荣誉是花，成功是果；荣誉是枝末，成功是根本。没有成功，荣誉也不复存在。

“镭的母亲”居里夫人一生获得各种奖金 10 次，各种奖章 16 枚，各种名誉头衔 107 个，她却全不在意。有一天，她的一位朋友来她家做客，忽然看见她的小女儿正在玩英国皇家学会刚刚颁发给她的金质奖章，于是惊讶地说：“居里夫人，得到一枚英国皇家学会的奖章，是极高的荣誉，你怎么能给孩子玩呢?”居里夫人笑了笑说：“我是想让孩子从小就知道，荣誉就像玩具，只能玩玩而已，绝不能看得太重，否则就将一事无成。”

科学巨匠爱因斯坦曾经这样评价居里夫人：“在我所认识的所有著名人物里面，居里夫人是唯一不为盛名所颠倒的人。”正因为居里夫人视荣誉为玩具，无足轻重，“心不在焉”，专心致志于科学研究，所以取得了辉煌成就，成为迄今为止曾两度问鼎诺贝尔奖的唯一女性。她的大女儿伊伦·若里·居里也得到了诺贝尔化学奖。

善待荣誉，看淡荣誉，甚至放弃荣誉，不为荣誉所累，心无旁骛地去做你的事业，成功的大门迟早会为你轰然洞开。

孟岭超：草原云雀的执着

文 / 刘好

没有人事先了解自己到底有多大的力量，直到他试过以后才知道。

——歌德

照片上，他的个头不高，身着白衬衫黑裤子，舒展的站姿，帅气的脸上绽放着自信的微笑。他是四年转了 3 次专业、发明“纳米铅笔”、获 4 项国家专利，就读于南京航空航天大学机械工程专业一年级的博士生。

令人惊叹的是这个 25 岁的博士生发明的“纳米铅笔”不仅能高精度制造精密仪器，未来还能探测癌细胞、N7N9 病毒等，他就是孟岭超。

孟岭超出生在一个普通的家庭里，父亲从小就给他讲了很多飞行的故事，令年幼的他懵懵懂懂对航空充满了憧憬之情。2007 年，孟岭超被南京航空航天大学的工业设计专业录取，从大一开始，他就加入学校的一个科创基金团队，跟着研究生一起装机床、接线路、做实验。然而，在他上大二的时候，成绩排名第一的他发现自己对这个专业并不是太感兴趣，于是他动起了转到飞行器制造专业的念头。他的专业导师和同学都觉得他是在瞎折腾，有的同学甚至对他投予嘲讽的眼神，可是他却坚持要找到自己喜欢的方向。

又过了一年，在一次帮维修工程系的同学画图纸找文献的过程中，他发现航空维修工程是一门更加实用的课程，这时候他犹豫了，自己是不是应该再转学航空维修工程专业呢？在上模拟飞行专业课的时候，教官说了一句话："飞行中操作需要迅捷，动作却要柔和，不能一蹴而就。"教官的这句话，在他的脑中久久回旋着，是的，目标并不是一蹴而就的，重要的是要找到梦想的方向。

几天后，他再一次转了专业，开始学习航空维修工程，并且组创了自己的科创团队，开始了全新的科创之路。团队的成员都是来自南航各个专业的同学，他和同学们一起努力，经过一年的时间，他们的" AGV 视觉导航小车"等科创作品获得了多项荣誉。

读大四这年，他终于找到了自己梦想的方向，于是，他再一次转专业专攻机械工程。就读研究生后，他把科创课题转为微细特种加工技术。可是，当他提出"把碳纳米管制成加工电极"的想法时，却遭到了所有人的反对，没有人相信他可以成功。他的组员反驳的声音是，这在国内根本没有先例，而我们只是一群学生，怎么可能做得到？

这天，他在电视里看《动物世界》，节目正在介绍草原云雀，它们的翅膀尖长，后爪又长又直，是一种身体较小的鸟类。当时，一只云雀正在草原上寻找食物，遇见了等待它多时的土拔鼠，土拔鼠一天的大部分时间都投入在吃的"事业"中，见到从天而降的云雀怎么能放过？它对着云雀狠狠一击，云雀的翅膀被袭击了，但是它很快进行了反攻，用它又长又直的爪子狠狠地拍打着土拨鼠。笨重的土拨鼠被它打得直向后退，但云雀仍然没有停止拍打，等到云雀连续拍击了三百多下把土拨鼠赶跑后，它才重新衔着自己找到的食物，拔地而起飞向蓝天。

这一幕被摄制小组拍录下来，云雀持续拍打土拨鼠的镜头顿时给了孟岭超信心，只要拥有云雀的执着精神，瞄准目标，坚持不懈地做实验，哪怕是一千次一万次，都可以成功。

在导师中科院院士朱荻的指导下，孟岭超一头扎进实验室，由于焊接极细的探针需要安静的环境，他每次都选择在晚上做实验。经过一年的时间，他尝试了 2 万多次的试验，研制出只有头发丝千分之一细的“纳米铅笔”。这种“纳米铅笔”有 3 厘米长，分为“笔杆”和“笔尖”两部分，笔杆的直径有 0.3 毫米，是肉眼能看到的部分，而还有一部分是直径为 100 纳米的笔尖，却是肉眼看不见的。

在“创青春”全国大学生创业大赛第九届“挑战杯”大学生创业计划竞赛中，孟岭超凭着目前国内技术空白的“纳米铅笔”一举拿下金奖，他取得的成果震撼了科学领域的学者。

当记者采访他问道，如何看待自己超越全国纳米领域的学者取得的成果时，孟岭超淡淡一笑，回答说：“当我们选择好人生的方向时，就要坚持不懈地朝着选定的方向前进，拥有一只云雀鸟的执着精神，就可以达到自己的目标。”

吴秀波：岁月男神的心灵净土

文 / 刘好

我们关心的，不是你是否失败了，而是你对失败能否无怨。

——林肯

看一档访谈节目，40 多岁的他身着深蓝色的双排扣西装，配上向后的背头和个性的胡须，外搭一条鲜亮的蓝白格子领带。复古的腔调简直要带人穿越到 60 年代的好莱坞，熟男魅力完胜一群韩国“欧巴”，内涵深度绝对秒杀一众正太“鲜肉”。

2010 年《黎明之前》的播出让观众们了解了果敢坚韧的刘新杰，2013 年《赵氏孤儿案》的热播让观众熟知了隐忍忠义的程婴。之后，随着《北京遇见西雅图》的上映让观众爱上了稳重木讷的 Frank，他就是被称为“岁月男神”的吴秀波。

吴秀波生长在老北京的四合院里，从小活泼淘气的个性使他成为大院

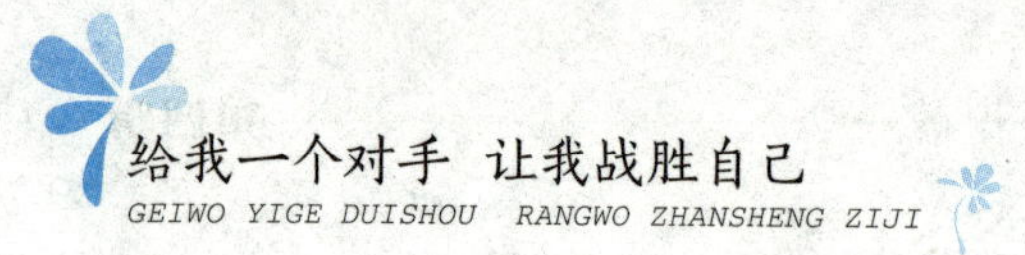

的孩子王。16 岁时，他考入了铁路文工团，从此与表演结了缘。17 岁的一个深夜，他的肚子突然爆发一阵难忍的疼痛，母亲带他去了医院，经过一番折磨人的检查化验，医生诊断他患了肠癌。他觉得他的人生就此崩塌了，疼痛折磨得他没了人形，他恨不得能够一了百了，看见瘦弱的母亲为他忙进忙出，他的心里感到了一种说不出的难受。

在医院的窗台上，他看到一群蚂蚁从水泥缝里爬进爬出地忙着晒太阳，阳光落在窗台上闪耀着光华，窗边的树影投射在窗台上，金光点点，仿佛一切都充满了希望。那一刻，他觉得自己也如窗台上的蚂蚁一样留恋阳光。于是，他告诉自己，一定要坚强挺住，因为他还有家人，他要为他们好好活着。

在被割去近 40 厘米的直肠后才发现自己是被误诊，当医生告知他这个消息时，他惊喜地问：就是说，以后也不会有复发的可能了？他的这个反应一时雷倒了病房里所有的人。可是，他却仿佛在那一刻得到了重生，他越发觉得生命的无限美好。

在经历误诊风波后，他又回到了团里，由于他生性磨蹭，常常误了团里的重大演出。团长罚他写个深刻的检查，宿舍的朋友帮他写了一份两万多字的检查，令团长的心情顿时大好。团长让他在总团诵读，没想到那天他又错过了诵读的时间。为了不使团长再为他的玩世不恭而头疼，他选择了辞职。

他在最困难的时候，连自己都养不活，幸好他的性格令他积攒了很多好朋友，朋友的帮忙令他度过了难关。之后，他去歌厅唱过歌，也开过饭馆，帮人改剧本、做后期音乐，他做剧组一切能干的事，正是他做了很多工作令他知道信誉和诚实的重要性。当导演郑晓龙给他打电话邀他出演《甄嬛传》的男主角时，他却因为当时已经签了另一个合约而拒绝了。旁人都觉得他傻，还有人劝他毁掉另一个合约，他只淡淡地说，一个真正的男人要对自己说的每一句话、签的每个字负责。他相信只要努力去做，机会一定会找到他。

正是因为他内心有一种固执的善良和热爱，令他在出演《黎明之前》后大获成功，各种活动纷沓而来，他却开始感到惧怕。他害怕生病、害怕经常外出坐各种交通工具的不安全，他内心的彷徨令他无法冲破黑暗的迷惘。

一日，朋友说学到了一手泡茶的功夫，请他到家里一叙。朋友身着一件中山装，温文尔雅。他还注意到，朋友喝茶只有两个动作——拿起和放下。他望着朋友拿起茶杯端放在自己面前，想起人生，看起来繁杂的一切，其实又何尝不是这么简单？有些事何必纠结于心？正如自己又何必纠结心中的惧怕，心中惧怕的得不到以及不能做得更好其实正是来源于欲望本身。很多时候，看淡一些，看轻一些，世事便可以像喝茶一样，不过是拿起和放下罢了。正如《金刚经》所说：放下欲望就能得到幸福。

他从此开始吃素，一次在飞机上吃简餐时只有一盒白饭是素食，他吃着吃着就泪流满面，那饭吃进嘴里越嚼越好吃，越嚼越香甜，他知道自己已经克服了心中的欲望。他在《离婚律师》里有一段台词是来自自己的感悟，他说："人生就像一个不断挣脱笼子的过程，欲望是你不断膨胀的身体。当一个人的欲望越来越大，执着的东西就越来越多，只有放下欲望，让自己变小，才能在笼子里活得安逸自在。"

是的，在红尘俗世里，只有让自己的欲望变小，才能扩大心灵的格局，呼吸才会顺畅，心灵才会舒坦。在岁月里品味"拿起"和"放下"，保持心灵的一方清雅净土，沉时坦然，浮时淡然。待茶尽之后，自有人会记得你是如何的真香满溢。

把自己当作一棵安静的大树

▶ 文 / 李柯

> 只有胜利才能生存，只有耕耘才有收获。
>
> ——佚名

2014 年 1 月 3 日，他在《中国好歌曲》的舞台上演唱了一首原创歌曲《卷珠帘》。这首歌曲是他唱给母亲的一首歌，歌词里有母亲伴儿长大的牵肠挂肚，也有儿子振翅高飞的离别与不合。歌曲中带着浓墨重彩的中国古韵，曲调优雅空灵，旋律自然流畅，他独特的唱腔深邃悠远，宛如天籁之音感动了万千听众，评委刘欢老师也为之深深动容。

他出生在一个音乐世家，父母在他 3 岁时离异，母亲为了更好地培养他，放下了自己的事业带着他住在只有 19 平方米的小房子里，母子俩过着十分节俭清贫的生活。为了坚持让他学习钢琴，母亲一直靠着变卖一些旧手饰以应不时之需。每当看到别人的母亲有娱乐、有丝质的衣服、有漂亮的手饰，而自己的母亲却为自己省吃俭用过着清贫的生活，他顿时觉得自己很渺小。也是在那个时候，想要让母亲过上好日子的愿望在他小小的心灵里滋长着。

16 岁，他已经参加过大大小小各种音乐比赛，在当地已经小有名气，他是同学们心中的偶像，老师疼爱的佼佼者。原以为自己的人生会是一路光华，可是命运却在这时候给了他一个小小的打击。

这一年，他带着母亲省吃俭用的积蓄前往省城准备参加年度音乐比赛。冠军的高额奖金对于生活拮据的他是个不小的诱惑，小小年纪的他想要凭自己的力量减轻母亲身上的负担。到了省城，举办方临时改变比赛时间，延迟一天进行比赛。为了省钱，他决定在附近的公园将就一晚，第二天醒来，却发现身上仅有的几百元钱不翼而飞。这让他非常崩溃，他仿佛看到母亲每晚在灯光下做手工活的身影，不禁流下了愤怒的泪水。

情绪的波动让他的临场发挥失了水准，也让他与冠军失之交臂，同行的一些认识多年的小伙伴们嘲笑他徒有其名。他的心情异常烦闷，多年以来的好名声被这次比赛毁于一旦。他茫然地走至江边，望着江边的景色发呆。一位衣着朴素的老者，坐在一棵大榕树下面带微笑地望着他。

也许是老者和蔼的面容令他有亲近之感，他觉得自己如落荒而逃的失败者，便向老者谈起了他的挫败。老者抬头看看头顶上的榕树说：看到那树荫了吗？我们常常考虑的是树荫，却不知，树木的成长才是人生的真谛。因为，当阳光消失，风雨来临时，树荫就不值一提，而结实的树木却仍然接受风雨的洗礼，诠释真正的生命的勇敢与坚韧。

他顿悟了，仿佛经过一次心灵的洗礼。是的，只有坚持自己的品格修行，改变心态，让生命的大树植于心灵，才能成为一棵永不凋枯的大树。自那以后，他更加执着于自己的梦想。

2014 年 1 月 3 日，他在《中国好歌曲》的现场演唱了自己具有中国

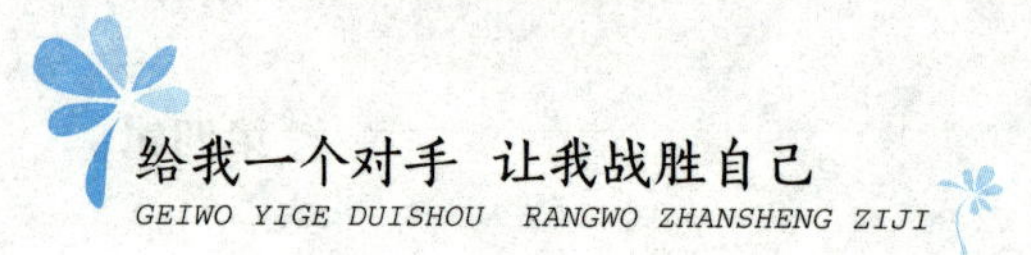

风曲调的原创歌曲《卷珠帘》，节目播出不久，他就得到众多粉丝的关注。2014 年，当他接到通知说他的《卷珠帘》已经被确定会上春晚时，他觉得就像一个彩蛋砸到了自己的头上。

2014 马年在综艺“原创潮”《国色天香》进入半决赛的现场，他的朋友在一边焦急地为他打气，而他则在乱哄哄的后台安静地看着一本书。赛后，夺得冠军的他说，自己没有抱着拿第一的心态，而是把自己当作一棵安静的大树，默默接受生命的磨难和惊喜。

他就是获得《中国好歌曲》冠军的霍尊，他在心灵里种着一棵永不凋枯的树，以美好的心态在他的音乐道路上勇敢攀登。

第五辑

Chapter Five

醉美文摘

Zuimei Wenzhai

东野圭吾：像樱花爱上飞翔一样

▶ 文 / 李柯

> **本来无望的事，大胆去尝试，往往能成功。**
>
> ——莎士比亚

那年，他和父母住在老城区里一间狭小的屋子里，那是这座城市最古旧的小巷，租住在这里的人们大多都干着辛苦的活计。清晨，他捧着搪瓷茶缸站在巷道的水泥池子边刷牙，就听见父亲和母亲在屋里争吵的声音。

他摇摇头，知道父亲和母亲准又是因为该让他读什么学校而争吵。可是，争吵又有什么用呢，巷弄里的人家都知道，他是个不爱读书的“废柴”。他父亲的声音一声一声从屋里传出来：“不让孩子上个好学校，他以后能考上大学吗？”，接着便是他母亲的声音：“反正学习是靠自己，他若不想学，就是去了好学校也没用。”

他面无表情，把手中的茶缸放在水泥池上，往巷尾走去，屋里争吵的声音在茶缸碰撞到水泥池上时也静止了。

这样的争吵仿佛是每天清晨的家常便饭，直到有一天，邮差的自行车铃声混杂着屋后的蝉鸣声停在他家的门口，终以他接到一所中学的入学通知书而告终。

如他所猜想的，他被当地一所毫无学习风气的中学录取了，而他被分到的班级又聚集着全年级人尽皆知的不良少年。在这样学风不好的班级学习，他的成绩自然很差，功课没学好，反而让他发展了不少爱好：听披头士音乐、画漫画、滑雪、剑道、武术、田径……

听到他的“劣迹”后，他的母亲手握锅铲就冲到学校来，大着嗓门冲他发了一顿脾气，他在班上坏学生的口哨声中无地自容，整个人颓坐在椅子上。母亲临了给了他一本《伽利略传》，说道：“要不要好好读书，你自己看着办。”

母亲扬长而去，他双眼瞪着母亲的背影，手指敲着那本《伽利略传》发呆。晚上，他翻着母亲给他的那本《伽利略传》，书里的伽利略勾起了他的兴趣，他竟把整本书都看完了。放下书的那刻，灵魂仿佛被净化了。

周末回家，他看到姐姐屋里有一本江户川步的推理小说，他随手翻了几下，这本小说竟奇迹般地吸引着他，他不敢相信自己竟然一口气读完这本小说。离开家回到宿舍后，他仿佛变了一个人，心里竟产生了一种奇怪的想法——他也要写一本推理小说。

他找来了国内几本畅销推理小说，一口气读完后，开始了推理小说的创作，整整半年，他都沉浸在写作的世界里，这时，他仿佛看见黑暗中开着一朵美丽的花儿，它的名字叫“梦想”。可是，光有梦想是不够的，他马上面临着高考，不用推理，他毫无悬念地落榜了。他只得放下写推理小说的梦想，专心复读。第二年，他终于考上一所大学，虽然这是一所普通的大学，但他的愿望很小，好好完成学业，以后找个企业混个职位。

大学毕业后，他如愿找到了一份稳定的工作，在他的面前，是一条铺着金色阳光的大路，可是，他内心的忧伤却渐渐漫进身体里。

星光灿烂的午夜，他独自一人坐于窗前，屋内一盏灯泡闪着耀眼的橘光。他拾起桌上一本书随意翻看着，目光所到之处，是渡边木巴的一句：月夜伸手掌，落花止不住。

他的内心汹涌着，仿佛看见落樱花瓣在自己周围不顾一切地飞翔、坠落，它像爱上泥土一样热爱自由，义无反顾。这时，忽然有一个声音在耳边响起：“不吃苦的青春，还叫什么青春?”。他忽然明白了，好的人生是要为自己的内心而活，如今只有一件事能让他快乐，那便是用抒写表达灵魂的声音，留下生命的足迹!

他不顾家人朋友的反对，辞去工作，选择了自由职业。然而，写作这条路并不好走，他从 1985 年以第 31 届“江户川乱步奖”得奖作《放学后》出道，很长时间他的小说都卖不好。直到 1999 年凭借《秘密》获第 52 届日本推理作家协会奖，他的小说才开始畅销，一直到 2006 年《嫌疑人 X 的献身》获得 134 届直木奖，他由此成为了日本推理小说史上罕见的“三冠王”，才算功成名就。

他就是日本著名推理作家东野圭吾。2015 年 11 月，光线影业与深圳中汇影视文化传播股份公司联合宣布，确认改编东野圭吾的《嫌疑人 X 的献身》中国版电影。在他 2015 年 9 月出版的《我的晃荡的青春》一书中，不难看出，不管身处怎样的环境，他都能很快地找到乐趣，而乐趣的原点来自他拥有一颗向往飞翔的内心。

人生的道路上，让生命安定的不是繁华美景，而是当我们俯下身时，触摸到自己最初的梦想。一路行走，没有迷途，像樱花爱上飞翔一样。即使坠落，也要守着岁月，不失己心，在飞翔中收获心灵的彩虹。

大师的拒绝

文 / 菡萏半池

少许的主动就可以使你生活中的运气大增。

——佚名

幼年的鲁宾斯坦是一个音乐天才，从小跟随母亲学习钢琴，之后又师从圣彼得堡的大师学习钢琴。9 岁那年第一次在莫斯科公开演出，便引起轰动，被人们誉为音乐神童，一时声名鹊起。之后的几年，他来到巴黎学习钢琴，因为很崇拜李斯特，所以日复一日地模仿李斯特的演奏，不光模仿他的演奏风格和技巧，甚至还模仿他的动作、表情、衣着……在他内心深处，他一直有一个梦想，就是师从大师李斯特学习钢琴演奏，成为李斯特门下一个真正的弟子。

他一直想寻找一个机会，向李斯特表白个人的心迹。

13 岁那年，他开始到世界各地进行演奏，极为神似的“李氏风格”受到了人们的广泛赞誉。在欧洲各地进行演出时，还得到了当时最著名的音乐家门德尔松、肖邦、李斯特等人的赞美。年纪并不大的鲁宾斯坦，逐渐在世界钢琴演奏领域崭露头角。

在欧洲演出期间，他有幸接触到门德尔松、肖邦、李斯特这样的音乐大家，并得到了他们的肯定，自信心倍增。大师近在眼前，他想拜访李斯特的想法愈加强烈。

终于有一次，他鼓起勇气去拜访大师李斯特——想让大师收他为徒。当他把这个想法告诉身边的朋友时，几乎所有的人都认为，像他这样难得的音乐天才要成为李的学生，这对于李斯特来说，应是求之不得的好事，而且这对李斯特的声誉也极有益处而没有丝毫的害处。大家一致认为，他一定会欣然应允的。然而，令人大跌眼镜的是，当衣着整洁、极为谦卑的鲁宾斯坦向李斯特表达出自己内心的真实想法后，一向慷慨助人的李斯特这一次却一反常态，断然拒绝了他。

为了让他彻底死心，李斯特还以一种冰冷无情的语气告诫他说："作为一个天才，必须不靠别人帮助，自谋发展地实现自己的目标。"冷酷之情，难以言表。

他所崇拜的偶像就这样轻易地回绝了他，这让年轻的鲁宾斯坦极为失落，也备受打击。回去之后，他打消拜师的想法，开始进行个人风格的探索与历练。

之后不久，他开始以崭新的形象出现，成为一名出色的钢琴即兴演奏家。每次演出，他总是满头粗发杂乱如草，以不修边幅、精力充沛、激情四射的形象出现在人们眼前。他的演奏，注重音色、技巧、即兴的表达，不拘泥于细节，常常不按常理出牌，形成了自己独特的风格。

他的这种风格，在当时，受到一些经过严格训练的钢琴家的非议，曾有钢琴家这样批评他："如此敏锐有力的手，手指下却空无一物。"甚至有人说他根本就不是在演奏，但这并不影响他成为一名真正出色的钢琴演奏家。一些乐评家甚至开始称他为“钢琴巨人”“钢琴的宙斯”“音乐中的米开朗基罗”。

1872年至1873年，受史坦威钢琴公司邀请，年过40的鲁宾斯坦到美国巡回演出。这是一次非常成功的美国之行，鲁宾斯坦的到来给美国刮起了一阵钢琴飓风，他独特的演奏风格和高超的演奏技巧令人沉迷、神往。之后，他开始被人们赞誉为继李斯特之后最伟大的钢琴家，有些评论家对他的评价甚至高过对李斯特的评价。

应该说，是李斯特的拒绝成就了后来的鲁宾斯坦。试想，如果没有当年李斯特的拒绝，鲁宾斯坦会顺理成章地成为李的学生。在李的教导下，鲁宾斯坦或许更容易成长为“李斯特第二”，然而，我们却要失去一个独一无二的“鲁宾斯坦”。

真正的关爱不见得都是和风拂面，有时可能是冷若冰霜。拒绝，有时也是一种关爱与帮助。

叶子也可以长成树

▶ 文 / 烛光晚车

人在身处逆境时，适应环境的能力实在惊人。人可以忍受不幸，也可以战胜不幸，因为人有着惊人的潜力，只要立志发挥它，就一定能度过难关。

——卡耐基

这是美国西部一片贫瘠的土地，这里人烟稀少，环境恶劣，远近百里只有阳光没有植被，更没有一棵可以维持优美环境的树木和鲜花。

年轻的小肯罗和大多数附近的人一样土生土长在这里，许多人为了躲避这里的沙漠化而远走他乡。这里土质恶劣，栽下的树苗会在一夜之间让大风吹弯了腰，许多年，这里的人们被呼吸道疾病所困扰。

年轻的小肯罗从小有一个志愿，那就是改变这里的贫穷面貌。但无数次的努力失败后，他逐渐颓废起来，像大多数原来踌躇满志的年轻人一样丧失了信心和力量。

但此时，他唯一的亲人父亲却得了严重的呼吸道疾病，他夜不能寐，咳嗽不停，上气不接下气。医生检查后告诉他，你父亲的病很严重，随时会有生命危险，你必须带他到一个有山有水的地方，那里空气新鲜，有产生足够氧气的植物和鲜花。他下定决心带父亲离开这个鬼地方，但父亲却执拗得很，说什么也不愿意离开，这让肯罗左右为难。

一次，他到百里外的镇上为父亲买药时，发现一件奇怪的事，他看到有个年轻人在大街上做关于磁场的试验，他利用磁场的原理让无数鲜花竞相开放，并且，所有的花开都朝着一个方向。

肯罗回去后翻阅了祖父丢下的许多科普书籍，他从小就对物理学有着浓厚的兴趣，只是家境限制他没有机会上学罢了。后来，经过辗转研究后，他发现了利用磁场让种子释放能量的规律。接下来，他便产生一种奇怪的想法：这里的树苗无法生长，只是因为风大，还没有成长起来便毁于一旦，加上数量稀少所以难以成林。如果将一些叶子种在泥土里，在下面装上磁场，是否可以让叶子成林呢？

他先做了一个实验，将一些叶子种在泥土里，在下面装上许多磁铁并且接上电路，几天过去了，他的初始实验没有取得成功，叶子逐渐枯萎。他没有气馁，夜以继日地研究存在的问题，他又抽机会去了趟镇上，他找到那家鲜花店，说情愿不要工钱在这里做半个月的工，老板愉快地答应了。在无数次的观察后，他终于发现了关于磁场和生命的规律，原来，他的磁铁摆放的位置存在疏漏，呈不规则状态，而磁场需要形成一个巨大的能量必需得摆放均匀一致且要有精确的计算。

他喜出望外地回到家里，废寝忘食地继续实验，半个月后的一个早晨，他惊喜地发现，那里的叶子竟然生出了根。接下来，他没有停下奋斗的步伐，而是一日日地观察、研究，终于半年后，叶子长成了一棵棵小树，真是柳暗花明。

他利用这样的原理，开始在贫瘠的土地上种植叶子，叶子低小，可以躲避大风的袭击，只是死亡的颇多。但肯罗有恒心和耐心，他不停地种植，风不停地袭击，一年后，努力还是压倒了风力，这里已经成了一片绿的海洋。

政府开始关注这里的生态环境，在政府的支持下，肯罗大张旗鼓地开始种植叶子，许多热心人也加入进来。三年不行五年，五年不行七年，十年过去了，这里开始出现鸟的叫声，开始有灵气和生机。一大片人造林形成了一道道屏障，阻拦着险象环生的风沙。

他父亲的呼吸道疾病竟然奇迹般地好起来，他每天都生活在清新无比的空气和阳光里，自然有助于他的健康。

政府授予肯罗一枚绿色奖章，这里的人们称他为“带来绿色的使者”，肯罗下决心要将有利于人们身心健康的环保事业做上一辈子。

生命难免会处在寸草不生的高原，我们的人生也经常会出现青黄不接，许多人在我们的前面倒下去，只是因为他们缺少一颗让土地生金的决心。帆可以被风击碎，但眼睛却无时无刻在寻找那座到达成功彼岸的灯塔，只要我们奋勇向前，叶子照样可以在贫瘠的土地上亭亭如盖，生命也能够在冰冷的荒原上灿若桃花。

放弃你人生的7%

文／菡萏半池

志不强者智不达。

——墨翟

美国保险巨头法兰克·毕吉尔在刚从事保险业的时候，事业曾经一帆风顺。出色的推销能力，让他在这个行业里如鱼得水。

当他充满激情、对未来充满抱负、渴望在保险业里大展身手的时候，他却遭遇了自己从业以来的第一个工作“瓶颈”，并深陷其中。

他想让自己的业绩得到迅速提升，于是他投入百倍的努力进行工作。他开始起早贪黑地出去跑业务，并使出浑身解数说服客户购买他推荐的保险。为了争取到每一个可能成交的业务，他经常要几次三番登门拜访。可令他沮丧的是，一切的努力都收效甚微——虽然他付出了比往常多几倍的汗水，可他的业绩并没有比原来有多大的提高。因此，他的自信心不断受到重创。

那段时间，他异常沮丧，整天郁郁寡欢，对前途丧失了希望，甚至想要放弃这个充满挑战的职业。

一个周末的早晨，从噩梦中醒来的他，仍然有些沮丧和不安。不过很快，他就平静下来。

他开始认真思考解决问题的办法。

他在内心里不断诘问自己：为什么最近自己会那么忧郁？问题到底出在什么地方？平日里工作的情景，很快闪现在他的脑海里——许多时候，在他多次登门拜访，百般努力之下，客户会答应购买他的保险，但在最后的关头，客户却常常反悔，说："让我再考虑考虑，下次再谈吧。"这样，他就不得不沮丧地离开，再花时间去寻找新的业务。

怎么做才能很快地把自己从沮丧中拯救出来呢？他在飞快地思考着。

当他没有想到更好办法的时候，他开始随手翻阅自己一年来的工作笔记，并进行细致深入的研究——希望从中能够找到答案。很快，他就发现了问题的症结所在。一个大胆的念头在他脑海里闪现，令他自己都有些震惊。

之后的日子里，他一改往日的工作方法，开始采用新的推销策略进行工作。结果令他大吃一惊，他创造了一个奇迹——在很短的时间内，他把平均每次赚 2.70 元钱的成绩，迅速提高到了 4.27 元。当年，他新接到的保险业务，第一次突破百万美元大关，引起业界的轰动。

凭着自己出色的智慧和独特的推销策略，法兰克·毕吉尔迅速成长为保险业内的巨头。

后来，法兰克·毕吉尔向世人公开了自己成功的秘诀。原来，当年他在自己的工作日志中发现了这样一组奇特的数据，从而改变他对工作的认识。经过统计，他惊奇地发现，在他一年所卖的保险业绩中，有 70% 是第一次见面成交的，有 23% 是第二次见面成交的，只有 7%，是在第三次见面以后才成交的。而他实际上花费在那 7% 业务上的时间，几乎占用了他所有工作时间的一半以上。

于是，他采取的新推销策略是，果断放弃那 7% 的利益，不再为它的诱惑所动。这样，他就可以腾出大量的时间用于新业务的拓展。于是，他成功了。

成功有时候就这么简单——果断放弃你人生的那 7%！

把磨难当做人生的礼物

▶ 文 / 佳峰

每一个人都具有特殊能力的电路，但大多数人因为不知道，所以无法充分利用，就好像怀抱重宝而不知其在。只要能发掘出这项秘藏，人类的能力将会完全改观，也能展现出超乎常人的能力。

——七田真

很不幸，他是个先天“脆骨症”患者，俗称玻璃娃娃，连打个喷嚏都会震碎肋骨。他诞生时每根骨头都被出生时的压力给碾碎了，四肢软塌塌地耷拉着，活像一个被拆散架的布娃娃。护士小姐们干脆给他起了个外号叫“图坦卡蒙”——一个著名的埃及法老木乃伊的名字。医院不得不向他的父母说：“很抱歉，你们的儿子恐怕很难活过 24 个小时。”护士拿着止乳针对他妈妈说：“难道你还要继续喂养这样的孩子吗？”

但他的母亲断然拒绝了护士的做法，他顽强地活了下来。

然而，当别人家的孩子开始从蹒跚学步到蹦蹦跳跳时，他只能用“拖地式”的爬行方式，四脚朝天用背来回蹭着前行。长到三四岁，他才能够坐立。他的骨骼密度很低，完全无法支撑身体直立时带来的压力，加之腿骨严重、持久性的扭曲，他这一辈子都无法享受行走的快乐了。

他身高长到大约 1 米就到了生长极限，从小学三年级之后就一直“依然故我”。到了上学的年纪，他每天在学校一刻也不能和轮椅分离，只有晚上，可以躺在卧室的地板上放松一下早已疲惫不堪的躯体。随着年龄的增长，他的骨折发病率越来越频繁，这让他不得不经常辍学，动不动就要在家养病。

对他来说身体上的疼痛倒并不那么严重，最难以忍受的是精神上的孤独，童年时代他已经尝尽了孤独的滋味。

小学四年级的那个万圣节，所有的孩子都装扮得古里古怪，戴上狰狞的面具出门搞恶作剧，尽心玩耍欢乐。他躺在地上，也开心地在地上慢慢地打起滚儿来。就在他得意忘形之际，左腿突然卡在了门框和墙角之间，接着，他听到了一声清脆的“咔嚓”声！紧接着撕心裂肺的疼痛让他痛不欲生。而且他的病情特殊，一旦意外发生骨折，一定要严格保证他的身体被固定在事发地点，然后一动不动地保持受伤时的姿势达六个星期，才能让骨骼慢慢地自动愈合。这就意味着，无论在什么地方只要他一出现骨折，就必须在原地一动不动地躺上或趴上整整 42 天之久。而在此期间，吃喝拉撒睡都只能“因地制宜”地解决。他快被逼疯了：“为——什——么？？？我究竟做错了什么？？？”

“孩子，你愿意把这种磨难当做人生的礼物还是重担？”母亲看着他，声音不大，但坚定而又沉稳。

这句话给了他极大的震撼和鼓舞，猛然打开了他黑暗人生中的一扇窗，智慧的灵感犹如明媚的阳光和煦暖的春风充斥着他的内心，让他不再愤怒，不再抱怨，不再沉沦。他这才发现：原来，尽管生于逆境，自己终究还是热爱生活的，他仿佛一下子意识到了肩头上的使命：勇敢地活下去，并用自己的故事鼓励他人。

随后，妈妈又告诉他："你要记住，痛苦是所有人都无法避免的，它早晚会降临到每个人身上。但是，我们面对痛苦的态度却是可以选择的。"从此，他学会了永不放弃，那种时常萦绕心头的绝望和无奈，早已烟消云散。尽管他18岁之前骨折超过200次，平均每个月就要骨折一次，但他始终不急不恼，坦然面对。

读高中时，学校的广播站和电视台成了他发挥想象力的重要场所。高中四年里他制作过各种广播节目，其中包括脱口秀、约会秀和时事评论等。他还制作过一个校内电视连续剧，在镇上的有线电视台播出时还吸引了不少粉丝。后来，这部连续剧被选中参加哥伦比亚大学视频作品大赛，获得了剧情类作品银奖。

高中期间他担任了学生会副主席的职务，他还作为全美男生会成员，有幸随队在白宫和克林顿总统会谈。最后，克林顿总统还邀请他们全家人到联合中心体育馆的总统包厢参加当晚举行的民主党全国大会。靠着永不放弃的信念，他顺利毕业于芝加哥大学。在毕业典礼上，当他的名字响起的那一刻，拥挤的礼堂顿时响起了经久不息的欢呼声。在主席台上，他坐在轮椅中，手上高举着自己的毕业证书，兴奋无比，而台下，他的父母喜极而泣。

他的生活经历让人感佩不已。从高中到大学，有很多公司、学校和教堂都慕名邀请他去作演讲，但当时他并没有考虑过把它作为一个正式工作来做。有一天，爸爸对他说："儿子呀，如果你想改变世界，完全可以试试做个职业演说家。很多人都喜欢听你的故事，他们都很敬佩你，你也可以像安东尼·罗宾斯那样成为能够影响全世界的人。”这番话一下子点亮了他，的确，做一个职业演说家不是也能让自己实现改变他人的目的吗？于是，他开始四处参加演讲，苦练自己的表达能力。

为了应对演讲中人们提出的各类棘手问题，他重返校园，学习心理治疗和神经语言程式，并获得了专业的证书，后来又报考了大学临床催眠专业的博士课程。与此同时，他还办了一家私人心理治疗诊所，一边学习一边进行实践。后来他成了心理治疗师和国际知名的演说家。

他曾到过美国 47 个州，世界各地巡回演讲，以自身奋斗的经验鼓励成千上万的听众。激励大师安东尼·罗宾斯、美国前总统比尔·克林顿，都被他对生命的热情所感动。他就是美国的西恩·史蒂芬森，他的著作《拒绝失败的人生》也畅销世界。

人活一世总会遇到挫折、疾病和痛苦的困扰，但只要我们意志如钢，百折不挠，把磨难当做礼物，就能迈出窘境，创造出有声有色、五彩缤纷的人生，活出最真实的自我。在这方面，西恩的父母，为我们做出了榜样。

拿什么捍卫自己

▶ 文 / 菡萏半池

> **真正伟大的人，是由行动使他人见识其不凡之处。**
>
> ——佚名

1842 年，环球旅行归来的达尔文，在做了一番科学研究之后，初步构建出“进化论”思想的框架，提出了伟大的“进化论”学说。

当“进化论”学说公布于世之后，在学术界立刻掀起了轩然大波。“进化论”学说的遭遇，犹如当年哥白尼提出“日心说”一样，一经问世，就受到世人瞩目，倍受争议。在人们看来，达尔文的“进化论”学说是对神学的“上帝创造论”一个公开的挑衅，因此遭到了神学界的疯狂谴责和无情批判。甚至有人竟然指着达尔文的鼻子问：“达尔文先生，你是怎么由猴子变成的？难道你的父亲现在还是猴子吗？”

此后，10 余年中，达尔文思想及其本人常常遭到这样粗暴的、恶毒的和不公平的攻击。为此，达尔文的朋友和拥护者经常做着针锋相对的斗争——他们常常在公开场合和学术刊物上，发表支持他的言论。

当人们为进化论学说据理力争之时，达尔文先生本人的表现却让人大跌眼镜。对于这些反对者，达尔文从不出面辩驳，更不会激烈地对阵斗嘴，而是极为坦然地躲在背后“看笑话”。他为人谦和，对于找上门来的对手，也会十分有礼貌地以友相待。

达尔文究竟要做什么？许多人都十分不解。

原来，达尔文有自己独特的处理办法。他冷静而又睿智，不愿把时间白白浪费于无谓的争辩之中，而是把全部精力投入到“进化论”思想的丰富和发展上，并致力于解决自己理论中存在的多个难以解决的问题。

1859 年，是达尔文一生中最为光辉的年代。这年 11 月 24 日，累积 10 余年研究之成果，他终于出版了自己一生中最伟大的著作——《依据自然选择和物种起源》一书。这部科学巨著，仅仅出版了 1250 册，当天就全部售完。

细心的读者会发现，《物种起源》是“一个长的论据”的科学作品。为了让自己的思想能够被人们更好地接受，达尔文收集各种“证据”，并在书中作了详尽的叙述。他用充分的材料来论证整个进化论思想。此外，这本书除了通过大量证据来论证进化论思想外，达尔文还有意为之地专门辟出几个章节，将批评的言论也放入其中。刊有对自己理论长达几章的批评文字，是这部著作的一个显著特点。

达尔文为什么要将反对者的声音写进自己的著作呢？一时，许多人都看不明白。后来，达尔文这样阐述自己的想法：他要让对手替他找出他在理论和结论方面的弱点，并预见到一切可能提出的异议。一个科学家越诚实，对自己的要求越严格，那么，别人想反对他就越难。

其实，谁也不知道，达尔文使用最多的武器，还是他那部不断更新版本的出色著作——《物种起源》。自该书出版后的许多年，他仍然孜孜不倦地致力于进化论方面的研究，并不断将自己的研究新成果加入其中，让自己的学说更具说服力。这部不断修订的巨著，后来不知不觉地击倒了各个对手，说服了那些动摇分子。在越来越多无私地寻找真理的人们中间，达尔文为自己赢得了许多朋友和忠实的追随者。

19 世纪 70 年代后半期，达尔文得到了世界各国普遍的尊敬和认可：剑桥大学授予他法学博士的称号，并将他的肖像画悬挂在学校的哲学学会图书馆里；林纳学会也开始用美术家绘制的达尔文肖像来装饰会所；法国科学院授予了达尔文植物学部通讯院士；意大利皇家学院为达尔文颁发布雷斯奖金；德国科学家在他 1877 年的生日时，将由 150 名德国著名博物学家的照片装订而成的像册寄来，作为生日礼物献给他……

后来，一位达尔文的支持者——科学家华莱士，曾经这样总结达尔文的一生：达尔文从来没有得到过暂时性的成功，但是成功本身总是跟随着他。

1882 年 4 月，享年 73 岁的达尔文与世长辞了。在众多科学家的强烈要求下，他被安葬在英国著名的西敏寺。而他的坟墓，距离伟大的科学家牛顿的墓地，仅几步之遥。达尔文的老朋友赫胥黎教授在他的墓碑前这样颂扬他："他留给人们的是被证明的科学观点，为了让人们理解，他用非常婉转、不伤害别人宗教信仰的语言将它介绍给了大家。"

达尔文几乎用尽自己一生的时间来捍卫自己的思想，而他采用的方式是：宽容、友好、坚强不屈，与勤奋创造。

放弃与坚守

文 / 彼岸花

盛年不重来，一日难再晨；及时宜自勉，岁月不待人。

——陶潜

当代著名评书表演艺术家单田芳老师，做客《艺术人生》，谈了自己的从艺经历，其中有这么两段，听了，特别耐人寻味。

一段是他“弃学从艺”的经历。少年单田芳，出生在评书世家，到了父母这一代，仍然靠说评书卖艺艰难地生活。自幼，聪明活泼的他，闲暇之余总喜欢围着父母学说评书段子，耳濡目染中，也得到了几分真传，很受同行长辈们的喜爱。

对于出身评书世家的他来说，学说评书，长大后靠说评书养家糊口，也是顺理成章的事情。可母亲尝遍了说书的艰辛，为了孩子的前途，说什么也不愿让自己的孩子再走这条路，而是决定供他上大学，将来好改换门庭。母亲对他说，就是再苦再累，我也要把你供出来。从 6 岁开始，他就开始踏上艰辛的求学路，从“私学堂”到“洋学堂”，勤奋学习，一路坚持。高中毕业的时候，令人欣慰的是，他同时收到了东北工学院和沈阳医学院两张大学入学通知书。正当他在为能上大学而高兴不已的时候，不巧恰在此时，他患上了严重的痔疮。三次手术，几个月过去了，早已过了入学时间，呆在家里的他，每时每刻无不在为不能上大学而惋惜和发愁。

在他苦恼之际，喜欢他的沈阳曲艺团评书演员李庆海老师，前来看望他，心疼又不无真诚地对他说：傻孩子，你考什么大学呢？按照你现在的文化水平，在我们这个行当里，有谁能和你比？为什么不把老祖宗留下的这些宝贝整理一下，继承过来呢？

听了李老师的话，结合现实考虑，他豁然开朗，于是决定弃学从艺。后来，他就拜李庆海老师为师，学习评书艺术。因为自幼受家族说书的影响，耳濡目染，再加上自己勤奋好学，有扎实的说书基础和较高的文化水平。一入行，他便如鱼得水，很快成了远近闻名的评书新秀。

而另一段是文革十年，他如何度过自己人生最艰难的生活的一段经历。当他的说书事业刚刚有了起色，开始得到别人肯定的时候，文革开始了。1970 年 2 月 2 日，他们全家突然被下放到农村进行“再教育”。

命运的突然转变，让他一下子懵了。一开始，他迷惘过，望着农村一望无际的地垄，过着陌生的农村生活，远离热爱的说书舞台，他对未来生活一下子失去了信心。后来，他想到了自己说书时常说的一句话——“三十年河东，三十年河西”，渐渐想明白了——我会在农村呆一辈子？不会。总有一天，事情会水落石出的。他坚信，总有一天，他会重返舞台，但究竟是什么时候，他真的不知道。

想通了，他就变得乐观起来。每天下地，他不再为单调的劳动生活而烦闷了，而是一边劳动一边背评书段子，不知不觉，一天的劳作就结束了。渐渐的，他把所有的心思全部放在了说书上。从《隋唐演义》开始背起，所会的他全部背，一部一部地背，一遍又一遍地背，一边背还一边琢磨怎么修改……有些书，究竟背了多少遍，连他自己都不清楚。原来评书中不熟悉的地方，后来被他背得滚瓜烂熟；原来评书中不精彩的地方，经他几次修改，再经他口说出来，一下子变得别有一番韵味。

从说评书中，他再次找到了生活的乐趣。直到后来，在生活最艰难的时候，他偷偷做着小买卖维持生活，也从没有放弃说书。就这样，每天从不间断地练说，一晃十年过去了。

文革结束后，他重返舞台。当他再次登上评书舞台的时候，距离上一次在舞台上说书，已经过去十余年了。可是，这次他一登台就大放异彩，所说的评书极受欢迎。许多说评书的同行，听了他的评书，都极为震惊与不解——过了这么多年，这些东西我们早都忘个差不多了，你的脑子怎么这么好使，不但没有忘记，还说得这么好？

他听了，笑着说，这十年，我一天都没有闲着，每天都在练呀！

就这样，他迎来了自己艺术人生的第二个春天。一路坚持，到了90年代，单田芳的评书早已家喻户晓。全国有400多个电台在同时播放，固定听众达数亿人，录制好的评书达100余部，录制过的节目不下3000个小时。如果一个人每天听2小时，连续听也要听好几年。为了把评书艺术发扬光大，他还成立了自己的公司，出版了40多部评书专著。他在评书事业中取得的成绩有目共睹，他成为当代最受听众喜爱最有成就的评书艺术家。

后来，有人问他成功的秘诀。他总结自己的成功经验，说了这样两点：一是，正因为在人生的关头，他明智地放弃了上大学，放弃了当工程师和医生的梦想，选择了最适合自己发展的职业——评书，他的人生才变得绚丽多姿，在这一行当里，他才如鱼得水，事业一帆风顺。还有一点就是，自从认定了这一行后，不管生活如何艰难，他从来没有动过放弃的念头——一个人想成功，一定要有个信念，并且那个信念始终不能动摇。

让他人变得伟大

文/彼岸花

把意念深潜得下，何理不可得？把志气奋发起，何事不可做？

——吕坤

2002年中秋节，在微软中国公司工作的员工，听说公司决定给大家发月饼，都不以为然。可令大家有些摸不着头脑的是，公司只是向他们索要两个他们最希望月饼到达的地址，并没有真正给他们直接发月饼。

对这些无所谓的东西，许多人都不太放在心上。于是，大家就按照公司的要求，提供了两个住址。大家提供的地址五花八门，有自己父母的，有过去同窗的、老师的，甚至还有同事的地址。

中秋节到来那天，令人想象不到的是，几乎不约而同，大家都收到了一份格外珍贵的礼物——别人打给自己的电话。这些电话，有的是朋友打来的，电话里充满了赞美和羡慕之情；有的是父母或亲戚打过来的，是告诫他们要好好珍惜现在在微软工作的机会。这些电话，毫无疑问，令许多人都很感动，很自豪。

后来，大家才知道，公司帮他们将月饼送达目的地的同时，又在月饼中附带了一张小卡片。卡片上写了这么两段文字：第一段文字里，充满了感恩之情；而第二段文字，则描述了他们所工作的那家公司——我们的公司是世界上最优秀的公司，特别是我们所在的分公司又是微软全球分公司中最好的。世界上最优秀的员工在我们的公司，我们很自豪，所以我们也希望：作为我们员工的朋友或家人的你也会觉得很自豪！

这件事情令许多在微软中国工作的员工感动不已，纸条上文字背后的捉刀人，正是当时微软中国区的总裁唐骏先生。

在微软中国工作的员工，还知道他们的这位大总裁有一个特殊的喜好——喜欢面试人和记人名。每个来微软中国工作的人，他都要一个个亲自面试。短短两年，他亲自面试过 2500 多个人，他还记住了在微软中国工作的 1000 多名员工的 2000 多个名字（每个员工都有中文和英文两个不同的名字）。令人敬佩的是，他常常能在不同场合清晰准确地叫出每个公司员工的名字。

其实，在他面试之前，公司已经对面试人员进行了严格考察，他的面试，更多是一个形式而已。因此，许多人都认为他的面试是在浪费时间消耗精力。可他们哪里明白总裁的真实意图，他是为了通过面试和亲切叫出员工的名字，让所有进微软的员工都能感受到公司对他的重视。

当年，微软中国一个区的总经理，要跳槽到别的公司去。他知道这个消息的时候，正在遥远的澳大利亚开会。放下电话，他便飞到广州找那位总经理谈话。半个小时过去后，他又马不停蹄地赶回澳大利亚。其实，那次谈话，他并没有说一句挽留的话，而是和她闲扯了半小时广州的天气。

第二天，媒体纷纷报道：唐骏为了挽留一位要跳槽的总经理，专程飞回国。唐骏后来这样解释："虽然我辛苦了一点，但我希望她带着荣誉感离开，也让对方觉得我们挖到了特别重要的人才。"

在唐骏的领导下，微软中国发生了惊人的转变，之前业绩不佳士气低落的微软中国，当年的销售业绩迅猛提升，令微软总部的盖茨都极为震惊。后来的两年，微软中国一直是微软公司全球八十多家子公司中业绩最好、员工满意度最高的公司。微软中国也因此出现了一个可圈可点的"唐骏时代"。

后来，唐骏把他这一系列独特的管理，归结为一句话——让他人变得伟大。他的这一理念，后来成为了微软公认的七大文化之一。

2004 年 3 月，唐骏决定离开工作了 10 年之久的微软。比尔·盖茨亲自致电挽留，言辞恳切，情深意重，并破天荒地将微软历史上唯一一个"终身荣誉总裁"授于了他。之后，他来到盛大，将盛大打造成中国最有实力的网络公司。2008 年，他"转会"到新华都，身价 10 亿元，被人们称为当代中国的"打工皇帝"。

至今，在他个人的名片上，你仍然能够看到这样一句话——让他人变得伟大。后来，曾经有人请他解释其中的深意，他给出的注脚是：事实上，你让他人成功了，你也就成功了；他人伟大了，你也就伟大了。

懂得弯腰

文 / 木又

一钱谨慎胜过一磅智慧。

——德国谚语

一场大雪，把小学课本上的景色搬到了真实的生活中：大地白了，田野白了……

我家门口的那两棵松树，也白了！这两棵松树一棵是硬松，另一棵是软松。硬松质地坚硬，被广泛用于建筑工地上，而软松就不行了，因为易拗易弯，只有在做家具的某些弯拐部位时才派得上用场。

雪越下越大，也越积越厚。到天快黑时，那棵软松渐渐地显出一副支撑不住的样子，整棵树的树冠都开始慢慢地下弯。至于硬松，正如陈毅在诗中说的“大雪压青松，青松挺且直”，真让人忍不住为硬松这种坚强的气节而赞叹！

当天晚上，我正在床上看电视，突然听到外面一声大树断裂和倒下的

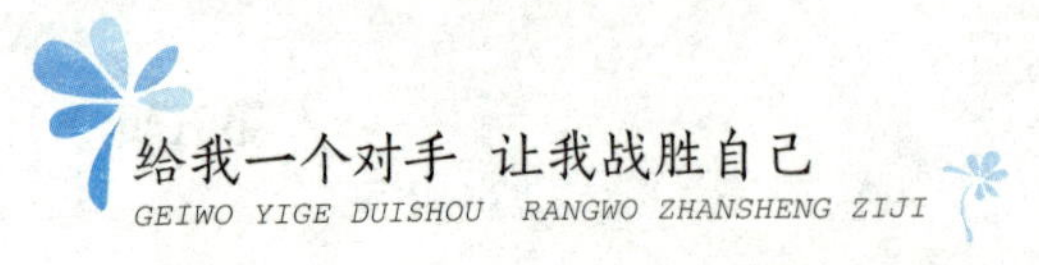

巨响。我心想一定是那棵软松经不住大雪的重压，断了！在那一瞬间，我在心里更是对那棵硬松增加了不少敬仰。

第二天，我像平时那样起床，当我打开院门后，一个完全没有预想到的场景映入了眼帘：那棵“挺且直”的硬松在半人多高的地方，像是被人斜劈了一刀，整棵树断在了地上。而那棵一直让我斥成没有骨气的软松，却出乎意料地依旧好好地站在原处，而且不再像昨天那样弯着身子，原本压在他身上的雪，已经尽数地落在了地上。一棵坚挺的硬松被雪给压断了，而那棵软松却像什么也没有发生过一样，完好无损地站在原地！为什么？

大雪继续下着，继续往那棵孤独的软松上压去。在接下来的半天时间里，我观察到了一个细节，当雪越压越重时，软松的所有树枝就会随之下弯。当弯到一定的地步，雪就从树上滑落了下去，于是软松就又会像原先一样重新直立起来。我终于意识到，软松之所以能始终傲立于雪中，是因为它懂得在适当的时候弯腰。

一直以来，人们总是提倡“不怕艰险，迎难而上”，但是却疏忽了一点：并不是所有的“难”都是你有能力“迎”的！像那棵硬松，就是坚持着“不屈不挠”的精神，一直到它无法再承受大雪的重压时，仍旧迷信于“坚持就是胜利”，最终，它以断折的局面终结了一直被誉为坚强的生命。

在有需要的时候，请懂得弯腰！这与气节无关，与人格无关。这不是圆滑，不是妥协，这是行走人生之路的一种步伐，是对生命的一种尊重！